FOLIO SCIENCE-FICTION

Guillaume Guéraud

La Brigade de l'Œil

Gallimard

L'auteur remercie le Centre national du livre
pour la bourse de création qui lui a été attribuée
et qui lui a permis d'écrire ce livre
dans de bonnes conditions.

Né en 1972 à Bordeaux, Guillaume Guéraud vit aujourd'hui à Marseille. Il a d'abord suivi des études de journalisme et a travaillé dans divers quotidiens régionaux. Avec plus de dix romans parus aux Éditions du Rouergue (dont *Dernier western*, dans la collection La brune, dédiée à la littérature générale), il est désormais reconnu comme l'un des auteurs les plus stimulants et dérangeants de sa génération.

[illegible] de la Révolution.

Merci à

Histoire(s) du cinéma *de Jean-Luc Godard*
Les Temps modernes *de Charlie Chaplin*
Nuit et Brouillard *de Jean Cayrol et Alain Resnais*
La Jetée *et* Sans soleil *de Chris Marker*
et Fahrenheit 451 *de Ray Bradbury.*

« Le cinéma n'est pas à l'abri du temps.
Il est l'abri du temps. »

JEAN-LUC GODARD
Histoire(s) du cinéma

LOI DU 20 NOVEMBRE 2017 RELATIVE AUX IMAGES SUR LE TERRITOIRE DE RUSH ISLAND DITE LOI BRADBURY.

L'IMPÉRATRICE HARMONY ET LE CONSEIL DES MINISTRES ONT ADOPTÉ ET PROMULGUÉ LA LOI DONT LA TENEUR SUIT :

ARTICLE 1er — Toutes les images sont interdites sur la totalité du territoire de Rush Island.
ARTICLE 2 — Il est interdit d'en voir. Il est interdit d'en posséder et d'en conserver. Il est interdit d'en produire, d'en reproduire, d'en importer et d'en diffuser.
ARTICLE 3 — Les appareils capables de produire, reproduire, recevoir ou diffuser des images sont interdits.
ARTICLE 4 — Tout contrevenant aux articles de cette loi sera automatiquement condamné à perdre la vue.
ARTICLE 5 — La Brigade de l'Œil, corps de police dépendant du Ministère de la Sécurité, a toute autorité pour faire respecter et appliquer cette loi.

1

Patrouille nocturne dans le quartier de Badwords — la routine.

Sauf que le van sillonnait les rues sans le tintamarre habituel.

Falk ne supportait plus le « ouin-ouin » de la sirène — ça lui transformait le crâne en nid de guêpes — alors il avait définitivement résolu le problème ce matin en saccageant l'ampli à coups de botte.

Commentaires de Kaneshiro avant de prendre le volant :

— Bravo ! Et si je dois brûler un stop ou emprunter une voie à contresens… Je préviens les piétons et les automobilistes en agitant les mains ou en hurlant par la fenêtre ?

Réponse de Falk :

— Contente-toi de conduire convenablement !

Et direction Badwords — le secteur le plus cahotique de la cité.

Le van roulait sans cracher de décibels mais, n'importe comment, un véhicule de flics restait un véhicule de flics et personne ne s'y trompait.

Visez l'inscription sur les portières : BRIGADE DE L'ŒIL.

Autrement dit : « Voilà les najas ! »

« Les najas » — pas les serpents…

« Les najas » — les yeux armés du gouvernement !

Un surnom dû à leurs galiscopes — les œilletons dont ils ne se séparaient jamais.

Ils les gardaient constamment vissés aux orbites pour surveiller leur périmètre et se focaliser sur les moindres détails — la routine.

Kaneshiro se concentrait sur la circulation. Strummer observait les façades et examinait les trottoirs. Falk étudiait le tout-venant en lorgnant essentiellement sur les grappes de passants qui s'éparpillaient à l'approche du van.

L'essentiel du boulot : regarder.

Regarder à droite. Regarder à gauche. Regarder devant et derrière. Regarder dans toutes les putains de directions — regarder partout.

L'inconvénient : garder les yeux ouverts en permanence.

Les galiscopes étaient là pour ça — empêcher les paupières de se fermer tout en optimisant l'acuité visuelle.

— Strummer pique du nez depuis le départ ! dénonça Kaneshiro. Le bruit de la sirène doit lui manquer !

Falk se tourna vers la banquette arrière pour constater que leur collègue contemplait les fermoirs de ses bottes — il dormait les yeux ouverts.

Kaneshiro vira sèchement dans la rue Nosaka et la tête de Strummer heurta la portière latérale.

— Et si tu te réveillais ! le brusqua Falk.

Strummer se massa la nuque.

Il rajusta ses galiscopes et balaya la faune qui se déplaçait sous les néons entre les foyers de la lecture, les théâtres, les salles de jeux, les caves à concerts et les bars — Badwords en pleine translation nocturne.

Personne n'ignorait comment ça allait se terminer : une descente dans un rade au hasard et tout le monde à la fouille — la routine.

Falk fit naviguer ses yeux de droite à gauche — « Am-stram-gram… ».

Puis il donna le signal — un pouce en l'air et un index pointé vers une salle de jeux baptisée *Correspondance.*

Le van obliqua et bondit par-dessus le trottoir et ses feux agrafèrent des ombres et Kaneshiro écrasa la pédale de frein dans un bruit de scie à métaux qui vrilla les tympans d'un bout à l'autre de la rue Nosaka et tous les noctambules qui ratissaient le bitume à ce moment-là se statufièrent, étouffant leurs mots et suspendant leurs mouvements, se tenant parfaitement cois et immobiles, jusqu'à ce que les portes du van coulissent et que Falk et les membres de son équipe en surgissent pour braquer leurs œilletons affûtés sur cet établissement tels des inquisiteurs à l'entrée d'un domaine soupçonné d'hérésie.

Strummer, accompagné par les étincelles que projetait le fer de ses bottes à chacun de ses pas, fut le premier à pénétrer dans la salle et, alors que du jazz arrosait l'espace, il se rua vers les platines pour les débrancher et sonna la charge en écrasant ses poings l'un contre l'autre — toutes ses phalanges craquèrent d'un seul bloc — et en hurlant :

— Brigade de l'Œil ! Tous alignés aux murs ou contre le comptoir ! Retournez vos poches ! Ouvrez vos sacs ! Et pas un geste brusque !

Stupeur et confusion autour des tables de billard mais Strummer n'avait jamais besoin de manipuler sa matraque ou de montrer la crosse nickelée de son calibre pour faire obtempérer ceux à qui il s'adressait — comme disait Kaneshiro : « Strummer, tu le vois, tu as peur ! »

Les clients s'empressèrent de gagner les murs sans moufter.

Une majorité de gamins — des lycéens.

Falk épingla des regards fuyants. Falk surprit des gestes compromettants. Falk vit des mains plonger fissa sous des blousons.

Les individus repérés se mirent à piquer des suées quand Strummer les regroupa au centre de la salle.

Il leur fit ôter leurs chaussures. Il leur fit répandre le contenu de leurs poches sur le sol. Il leur fit mettre les mains derrière la tête.

Kaneshiro se chargea de les palper des pieds à la tête sous toutes les coutures.

Falk examina avec soin toutes leurs affaires — du portefeuille au paquet de mouchoirs en papier.

Là — huit comprimés de Sommastral. Là — une

liasse de faux billets. Là — cinq seringues hypodermiques.

Mais des photographies — aucune.

Et des images — nulle part.

Falk ignorait s'il devait s'en féliciter ou s'en inquiéter.

Ou cela signifiait que le marché noir des documents interdits se tarissait. Ou cela signifiait que les trafiquants étaient simplement de plus en plus prudents.

Une chose était sûre : aucun de ces délits ne concernait la Brigade de l'Œil.

Falk rumina.

— Nos chalumeaux resteront éteints ce soir ! déplora Strummer.

Falk hocha la tête sans approuver ni contredire.

Il avait commencé ce boulot au lance-flammes et à la grenade incendiaire — à une époque où ça cramait dans tous les coins — mais il portait désormais une arme de service à peine plus grande qu'un briquet. Il avait déversé des hectolitres de liquide inflammable sur des stocks de films — à une époque où Strummer apprenait tout juste l'alphabet — mais les documents à incinérer étaient désormais de plus en plus rares. Il avait brûlé des milliers de rétines — à une époque où toute une frange de la population tentait de résister — mais plus personne ne semblait désormais ignorer que les images rendaient aveugle.

Les flammèches vertes teintées de violet qui embrasaient le celluloïd et l'odeur de la pellicule fondue lui revenaient parfois en tête — et toujours la même sensation quand il y pensait : ces couleurs et cette odeur lui manquaient.

Elles manquaient aussi à Kaneshiro — Kaneshiro partageait avec lui les mêmes souvenirs, l'incendie de la Cinémathèque, les plateaux de télévision en cendres, l'exécution publique des producteurs.

Falk se concentra sur les clients adossés au comptoir pour éviter de sombrer dans la nostalgie.

Il garda leurs visages en ligne de mire.

Ne pas se focaliser sur *ceux-là* — se focaliser sur *celui-là* !

Un bonhomme immobile, une trentaine d'années, les yeux baissés. Le visage couvert de sueur. Plus que fébrile.

Le scruter scrupuleusement — et skrrr ! skrrr !

Skrrr ! skrrr ! — les fusibles de Falk !

— Toi !

Le bonhomme leva les yeux sans ciller.

Il regarda le doigt que Falk braquait vers lui.

Et esquiva simplement la flèche imaginaire que ce doigt semblait lui décocher.

— Toi ! répéta Falk.

Les veines qui lézardaient les tempes du bonhomme tressaillirent.

Tout le monde le fixait, maintenant.

Il feignit l'incompréhension — les sourcils en accents circonflexes — mais ses pupilles ne cessaient de tressauter entre deux directions diamétralement opposées — la porte de sortie et les étincelles que soulevaient les bottes de Strummer en s'avançant droit sur lui.

Son ambition — se tailler rapido…

Il cala ses pieds contre la rampe que le bar lui offrait en guise de starting-block et s'élança tête baissée.

Sa direction — sans issue.

Falk le stoppa net en lui retournant un coup de coude en plein thorax.

Ses côtes craquèrent et il tomba à genoux et Falk le releva en empoignant ses cheveux à pleines mains et le souleva carrément du sol et le projeta sur le comptoir avec tant de force que la tête du bonhomme en fissura le revêtement en graphite sur toute la longueur.

Des bières chavirèrent et des cendriers volèrent et des bols de maïs grillé explosèrent quand Kaneshiro et Strummer entreprirent de le fouiller — il se contorsionnait en battant des pieds à tout-va.

Ils finirent par lui immobiliser les jambes mais il s'accrocha aux étagères qui surplombaient le bar et tira dessus comme un putain de singe sauvage aurait secoué les barreaux d'une cage et deux millions de verres dégringolèrent.

Falk ne fit que répéter son geste précédent — un puissant coup de coude.

Il percuta cette fois le bonhomme au niveau de la gorge et lui brisa tous les anneaux de cartilage de la trachée.

Le bonhomme s'étrangla. Le bonhomme cracha des flots de sang. Le bonhomme s'effondra en arrière parmi des éclats de verre qui lui entamèrent le dos et le maintinrent cloué à plat sur le comptoir.

Strummer lui sonda les poches — vides.

Kaneshiro lui arracha les pans de sa chemise — bingo !

Là — dessous.

Là — sous sa ceinture.

Là — des documents interdits.

Le brouhaha qui était monté d'un cran depuis quelques secondes s'éteignit.

Plusieurs personnes détournèrent ou fermèrent automatiquement les yeux.

Aucun autre crime n'aurait pu les impressionner davantage.

Falk consulta rapidement les pièces saisies : un ancien magazine de bande dessinée — *Spiderman* sur la première page — et de vieux dépliants publicitaires — des clichés de jouets et de caravanes et de maisons avec piscine en-veux-tu-en-voilà !

Il brandit la totalité de ces pages telles des proies aux ailes venimeuses.

— Voilà le genre de choses qui intoxiquaient autrefois le peuple ! clama-t-il.

Puis « schraouf ! » — le bec de son chalumeau enflamma les documents qui disparurent dans un souffle igné en semant d'éphémères lucioles à travers toute la salle.

Leur propriétaire ne les regarda pas mourir.

Un fragment de papier incandescent lui atterrit dans les cheveux mais il ne réagit pas — il resta étendu comme une loque sur le bar.

Falk se pencha vers lui.

Et grinça :

— Es-tu capable de me donner une information

valable sur la provenance de ces images pour m'éviter de te crever les yeux ?

Le criminel eut juste assez de force pour secouer la tête.

Falk lui tourna le dos.

Et ordonna à ses adjoints :

— Vous connaissez la procédure…

Strummer dégaina son pyroculis et le mit sous tension.

Le criminel fut soudain animé par un regain d'énergie — il hurla.

Il utilisa les dernières ressources que sa terreur fit jaillir — il trembla-trépigna-tressauta.

Rien à faire.

Kaneshiro referma ses mains autour de son visage et Strummer cala sans ménagement son foret rougeoyant au creux d'une de ses arcades sourcilières.

Le criminel écrasa ses paupières l'une contre l'autre mais la fine mèche du pyroculis en transperça la membrane et lui fendit la cornée et lui éclata le cristallin et lui brûla la pupille et lui fit fondre la rétine et lui pulvérisa le corps vitré et lui carbonisa tout le fond de l'œil.

Un œil.

Et puis l'autre — la routine.

2

Kao avait l'habitude.

Il avait déjà assisté à des exécutions sommaires du même ordre dans les rues qu'il empruntait et dans les salles qu'il fréquentait.

Ça ne semblait pas être le cas de la fille-coccinelle.

Elle se pressa les mains sur les oreilles pour ne pas entendre les hurlements du condamné et, tandis que Kao mâchait et remâchait sans trembler, elle fut assaillie par une série de convulsions et dut se cramponner au mur afin de les maîtriser mais elle ne put ordonner à ses paupières de se baisser et, quand elle vit la substance visqueuse jaillir des orbites du pauvre homme, elle hoqueta et fit elle-même jaillir de son estomac des vomissures qui lui arrosèrent un soulier et une partie des jambes.

Kao ne fit pas un geste — surtout ne pas se faire remarquer.

Il laissa aux amis de cette fille le soin de la réconforter.

Ils étaient aussi pâles qu'elle mais parvinrent malgré tout à la redresser.

Elle les repoussa.

Respira.

Et regarda Kao.

Kao qui ne baissa pas les yeux. Kao qui craignit le pire. Kao qui continua pourtant à mastiquer innocemment ce qu'il avait dans la bouche.

Un nouveau haut-le-cœur secoua la fille et elle se cassa en deux comme si un coup de fouet lui avait entamé le ventre et elle vomit cette fois un flot de bile avec tant de furie qu'elle fut contrainte de poser un genou et une main à terre pour ne pas s'effondrer entièrement dans les flaques saumâtres qui l'encerclaient.

Elle resta dans cette curieuse posture — telle une pénitente expiant des fautes qu'elle n'avait pas commises.

Parfaitement immobile — hormis ses courts cheveux noirs qui vibraient comme des oyats en plein vent.

Des projections acides suintaient le long de ses fines jambes nues. Une avalanche opaque de sueur ruisselait au creux de son cou. Un filet de bave reliait son menton au sol.

Et Kao n'avait jamais vu une fille aussi belle que celle-là.

Il accentua la pression de ses mâchoires sur le papier — une page de revue avec trois photos couleur !

Le document lui restait en travers de la gorge.

Mais il avait l'habitude — il dealait des images depuis déjà pas mal de temps.

Il connaissait les risques.

Un seul risque, en fait, mais un risque démesuré : se faire crever les yeux.

Kao tenait à ses yeux alors il prenait ses précautions. Des précautions dérisoires — il se contentait de respecter les règles de prudence les plus élémentaires.

Ne jamais pénétrer dans un établissement avec plus d'une page — les najas ne se montraient pas plus cléments dans ces conditions mais il était plus simple de faire disparaître un seul morceau de papier que tout un catalogue.

Ne pas se rendre aux mêmes endroits aux mêmes horaires — les itinéraires trop familiers étouffaient peu à peu votre vigilance et vous auriez fini par vous faire éclater les pupilles sans même comprendre pourquoi.

Ces règles ne garantissaient absolument aucune sécurité.

Elles empêchaient seulement la plupart des trafiquants qui les suivaient de se faire crever les yeux trop tôt — « Mais il est toujours trop tôt pour se faire crever les yeux ! » disait Holden.

Il évitait aussi les petits malins qui bossaient en équipe — il préférait se débrouiller tout seul.

Et il se gardait de papillonner dans tous les quartiers — il ne sévissait que dans Badwords, son propre quartier, celui où les documents interdits circulaient en plus grand nombre, mais celui que la Brigade de l'Œil quadrillait aussi le plus.

Les yeux à l'affût.

Et les oreilles aux aguets.

Kao était entré dans la salle de jeux à la fois sans crainte et sans illusion.

Il s'était installé au fond de façon à pouvoir repérer les éventuels amateurs qui franchiraient la porte — il les identifiait en un clin d'œil.

Une demi-heure à enchaîner des parties de billard — sans remarquer quoi que ce fût — comme un étudiant venu là pour tuer le temps.

Puis la fille-coccinelle — elle portait un tee-shirt jaune à pois noirs — était arrivée.

Avec une autre fille et deux garçons — ils étaient arrivés ensemble et s'étaient installés tous les quatre autour d'une table dans un coin.

Kao n'avait catalogué aucun membre de ce groupe dans la catégorie de ses clients potentiels mais il n'avait pas pu quitter cette fille des yeux.

Instantanément fauché par les courts cheveux noirs qui lui tombaient sur les yeux et la façon dont elle inclinait la tête pour regarder par en dessous et sourire à ses camarades tandis que ses yeux se plissaient et que ses cheveux tentaient à nouveau de les recouvrir comme une infinité de traits d'cncrc.

Les rétines de Kao avaient presque aussitôt chaviré.

Il avait gardé les yeux braqués sur son tee-shirt à pois et ses cheveux en friche.

Tentant de saisir ce qu'elle faisait dans un endroit pareil — elle s'ennuyait.

Comptant les pistaches qu'elle avait décortiquées — quatorze.

Il n'avait regardé qu'elle mais elle ne l'avait regardé à aucun moment.

Jusqu'à ce que les najas débarquent.

Il les avait presque sentis — il avait l'habitude.

Il avait automatiquement lâché la fille-coccinelle des yeux.

Il avait froissé-pressé-compressé le document qui était dans une de ses poches et, quand les trois flics avaient montré le bout de leurs galiscopes, il avait déjà porté la main à sa bouche pour réprimer un faux accès de toux et en avait profité pour glisser la boule de papier entre ses dents.

Ce fut à ce moment-là que la fille-coccinelle choisit de le regarder.

Ses yeux avaient croisé les siens alors qu'il était en train de refermer ses mâchoires sur un document interdit — une page sur laquelle figuraient des photographies de paysages inconnus.

Elle avait sursauté.

Elle avait étranglé une plainte.

Elle avait enfoncé ses ongles dans le bois de la table.

Et — la ligne qui reliait leurs yeux avait été brutalement court-circuitée par la sauvagerie de la suite.

La fille-coccinelle était désormais abrutie-abattue-abasourdie.

Littéralement terrassée par la violence avec laquelle les najas avaient opéré.

Des gerbes de bile et un faisceau de matière méconnaissable maculaient son tee-shirt à pois.

Kao poursuivit son intense travail de mastication.

Il savait que cette fille l'avait surpris — et qu'elle pouvait le dénoncer.

Elle semblait avoir récupéré son souffle et ses esprits.

Il savait qu'il pourrait se retrouver à la place du type agrafé sur le comptoir.

Elle se redressa et attrapa une serviette en papier qui traînait sur une table et s'essuya la bouche et plongea la main dans un bock de glaçons en équilibre au bord d'une autre table et se passa les doigts sur le front et obliqua la tête vers Kao.

Il réussit enfin à ingurgiter son morceau de papier mâché et remâché — il le sentit descendre le long de son gosier comme si c'était un morceau de bois.

Elle lui jeta un regard plus flou que menaçant et se dirigea mollement vers le comptoir en faisant crisser sous ses semelles plates les débris de verre répandus sur le sol.

— Emma ! appela un de ses camarades sans pouvoir l'arrêter.

Kao enregistra — « Emma ».

Elle voulut se forcer à voir les globes oculaires ravagés du malfaiteur exécuté qui haletait et pleurait du sang mais un naja lui fit barrage alors elle recula et considéra avec étonnement la paire de galiscopes qui la fixait — impossible de voir les yeux qui se cachaient derrière ces épais et sombres œilletons.

— Ils ont les yeux de ceux qui croient en avoir trop vu ! dit Kao à très haute et très intelligible voix — et tout le monde entendit parfaitement sa phrase.

Un bras le tira aussitôt en arrière et le plaqua contre un mur.

Kao sourit — il ne craignait plus rien.

Il sourit aux najas.

Il sourit à tous les clients apeurés.

Il sourit à la fille-coccinelle qui n'osait plus le regarder.

Holden lui aurait foutu un vilain coup de canne — « Arrête ton numéro, petit con ! »

Des mains le secouèrent et lui ratissèrent toute la surface du corps — sans rien dénicher.

— Qu'est-ce qui t'amuse ? mitrailla le naja qui le tenait scotché au mur.

Il ne répondit pas — surtout ne pas se faire remarquer davantage.

Il reporta les yeux sur la fille-coccinelle — surtout ne pas la perdre de vue.

Elle vacillait devant le comptoir et dut s'agripper à un dossier de chaise car ses jambes ne la portaient plus.

— Asseyez-vous ! lui conseilla le naja qui avait tout à l'heure ordonné l'exécution du bonhomme.

Elle préféra se mettre à hurler.

Elle hurla — et se calma.

Une escouade de regards anxieux la prit pour cible.

Elle lâcha la chaise et resta là les bras ballants.

Le naja se concentra sur Kao.

— Toi ! aboya-t-il.

Kao dut abandonner la fille-coccinelle des yeux pour toiser ce serpent.

Le capitaine — trois barrettes en relief sur son écusson métallique.

Il s'amena en réglant la molette de ses galiscopes avec la tangente d'un index puis s'arrêta à quelques pas et croisa les bras.

Une coulée de sueur tira un trait dans le dos de Kao quand il vit son propre reflet au centre des verres opaques et convexes qui le fixaient — mais il avait l'habitude.

Le capitaine ne se montra pas menaçant.

Il se racla la gorge.

Et tonna :

— Je ne sais pas si on croit en avoir trop vu... Je sais seulement qu'on a vu un tas de choses qu'on n'a pas aimé voir !

Kao se contraignit à hocher sagement la tête.

Un tourniquet de lueurs bleutées balaya ses cheveux au même moment.

Le gyrophare d'une ambulance — dehors.

Les najas prenaient soin d'alerter les urgences lors de chaque exécution.

Deux mecs en blouse blanche pénétrèrent dans la salle.

Ils déplièrent une civière et embarquèrent le bonhomme aux yeux éclatés.

Les services hospitaliers allaient panser ses plaies et les services sociaux prendraient le relais — « Les pires tortionnaires portent toujours secours à leurs victimes pour forcer leur gratitude... commentait

Holden. Et les dictatures ont toujours su se charger de la rééducation de leurs opposants ! ».

Le bonhomme demeurerait aveugle mais il apprendrait à marcher avec une canne blanche, il apprendrait à déchiffrer le braille, il serait bientôt capable de courir sans rien heurter, il arriverait bientôt à lire *Crime et châtiment* avec un doigt et il finirait par remercier les autorités de lui avoir ôté la vue.

Kao suivit la civière des yeux sans le plaindre.

Les najas se consultèrent en silence.

Leur capitaine orienta le menton en direction de la sortie — et ils évacuèrent les lieux.

La population du rade resta figée un instant — pareille à une proie subitement abandonnée par les mâchoires de son prédateur.

Puis ce fut la ruée — des pas précipités et un enchevêtrement de foulées.

La fille-coccinelle disparut.

Kao dut se hisser sur une table de billard pour la repérer — là-bas.

Elle tanguait juste devant la porte, dans un périmètre pas plus large que celui de ses bras tendus, elle tanguait pour conserver l'équilibre, sur ses deux jambes nues, son tee-shirt à pois souillé par les vomissures.

Elle souriait à tous ceux qui la regardaient de travers — et tous la regardaient de travers hormis Kao.

3

Falk faisait son boulot sans afficher la moindre émotion — brûler des images et aveugler des terroristes le laissaient de marbre.

« Exemplaire » était l'adjectif le plus souvent employé par ses collègues pour qualifier sa conduite.

Seul Kaneshiro savait à quoi s'en tenir.

— Un mec « exemplaire » ne saccagerait pas la sirène à coups de botte ! avait-il fait remarquer ce matin.

Kaneshiro le connaissait. Kaneshiro se foutait de sa gueule. Kaneshiro le traitait de « putain de cocotte-minute ».

Ils avaient tous les deux fait leurs armes à la Brigade criminelle et avaient versé leur premier sang ensemble — ça créait des liens.

Trois hommes armés de pistolets automatiques les avaient arrosés de gros calibre lors d'une intervention en plein braquage.

Falk n'avait pas pu ouvrir le feu — il avait juste eu le temps de réaliser que des balles perforaient le poteau derrière lequel il était abrité et que l'une d'elles s'enfonçait dans sa main droite comme un tison de fer rouge.

Kaneshiro avait riposté depuis une voiture — une voiture aussitôt criblée de rafales, les portières déchiquetées, le cuir chevelu de Kaneshiro lacéré par des éclats de métal brûlant.

Ça laissait des traces.

Une vilaine cicatrice dessinait un cercle de douleur dans la main de Falk et un fragment de tôle était resté dans le crâne de Kaneshiro.

Falk passait parfois un doigt au creux de sa main pour ne pas oublier le danger.

Mais il évitait plutôt de repenser aux épisodes de cette histoire.

Pas à cet épisode-là précisément — aux suivants.

Revoir sa main en charpie et le crâne de Kaneshiro en train de fumer ne lui posait aucun problème mais la suite le plongeait dans une jungle infinie de regrets.

La suite — le soir même.

Trop de douleur.

Le soir même — sa femme le quittait.

Ils s'étaient croisés sans le prévoir sur le palier.

Il revenait des urgences et elle partait pour ne plus revenir. Il n'avait pas tendu sa main couverte de pansements pour la retenir. Il était resté sur le palier froid en contemplant la rampe terne de l'escalier.

Dans sa tête — un magma de sentiments confus.

De la peine et de la culpabilité.

Puis — les retrouvailles.

Un mois plus tard.

Sur la plage de Paishawan — le massacre sanglant de la plage de sable blanc.

Un jeune déséquilibré équipé d'un fusil d'assaut a tiré sur les baigneurs avant de se faire sauter le caisson.

Falk est appelé sur les lieux du drame pour mener les investigations.

Et là — il la revoit.

Ou plutôt — il voit son corps.

La plage est un charnier et le corps de sa femme est là parmi d'autres corps inertes — tous étendus de manière insolite, terrassés en plein élan, certains auréolés de sable noirci par leur sang, un mec carrément cassé en deux au niveau de la colonne vertébrale, un autre projeté à travers les baleines d'un parasol, celui de sa femme perforé par une décharge qui lui a emporté un sein.

Falk s'épongea le front et fit signe à Kaneshiro de regagner le Commissariat central.

— Capitaine ! prévint Strummer.

Il tendait un doigt à dix heures :

— Là-bas !

Falk orienta ses galiscopes dans la même direction.

Là-bas — un groupe de personnes dont les regards convergeaient vers le van.

En train de se marrer entre deux voitures.

Falk leva aussitôt le pouce — un geste dont la signification variait selon une échelle allant de « Observons le manège ! » à « Faisons le ménage ! ».

— Ouin-ouin ! Ouin-ouin ! geignit Kaneshiro en dirigeant le véhicule vers ces suspects.

Le groupe ne se dispersa pas.

Quatre hommes et trois femmes — de trente à quarante ans.

L'un d'eux approcha et rit effrontément devant les vitres du van.

— Je vais cramer les yeux de ce connard ! s'emballa Strummer.

Falk le retint :

— As-tu aperçu une image quelque part ?

— Non, capitaine.

— La loi Bradbury interdit-elle de ricaner ?

— Non, capitaine.

— La loi Bradbury condamne-t-elle une quelconque forme de moquerie ?

— Non, capitaine.

Falk n'ignorait pas les rumeurs — on disait qu'un amendement allait proscrire les regroupements de ce genre.

Mais la loi garantissait encore une certaine forme de liberté — et Falk s'en tenait à la loi.

— A-t-on reçu des consignes à ce sujet au sein de la Brigade de l'Œil ? demanda-t-il à Strummer.

— Non, capitaine.

— Alors qu'est-ce qui t'autorise à penser que tu peux légitimement crever les yeux de cet individu ?

— Rien, capitaine.

Strummer était le cadet de l'équipe — il se concentrait sur son champ de vision avec attention mais, si personne ne le rappelait à l'ordre, il incendierait la terre entière.

Falk lissa le pourtour de ses galiscopes et replongea en arrière.

Vingt et un ans plus tôt — le massacre de la plage de sable blanc.

Le corps froid de sa femme gît avec un sein arraché sur la plage de Paishawan.

Le forcené a dégommé vingt personnes — juste un fait divers de plus, presque ordinaire au temps des images.

Il a acheté un fusil M16 sur Internet, une affiche du film *Blood for Mr Massacre* est punaisée dans sa chambre, son ordinateur regorge de scènes sanglantes et la police trouve une collection de photos macabres parmi ses affaires.

Falk travaille à la Brigade criminelle depuis deux ans à ce moment-là.

Mais il démissionne aussitôt — dans tous les sens du terme.

Et les événements qui suivent s'enchaînent sans même l'effleurer.

Ces événements bouleversent pourtant tout le pays.

Une révolution — *la* Révolution.

Sauf que Falk est en train de sombrer.

Il passe son temps à naviguer-divaguer-vaciller entre son lit et son palier.

Il entend parfois frapper à sa porte alors il se lève et sa femme est là, sur le palier, sa robe blanche se soulève et laisse voir ses jambes nues. Elle découvre sa poitrine et glisse soudainement vers les étages inférieurs. Falk ne voit plus que sa longue chevelure brune couler dans une spirale en contrebas et, quand il pose sa main sur la rampe des escaliers, un lourd morceau de chair déchiré lui fuse entre les doigts, il retire brusquement sa main, il entend les cris de sa femme et voit un de ses seins accroché à une énorme écharde.

Falk ne sait même pas que le monde continue de tourner.

Falk ne fait que dégringoler.

C'est Kaneshiro qui le retient.

Kaneshiro le secoue.

Kaneshiro le réveille et le met au parfum — la Révolution, les rênes du pouvoir dans les mains de l'impératrice Harmony, la mise en place de la Brigade de l'Œil.

L'impératrice Harmony a des messages clairs : « La télévision est un poison », « Le web infecte nos esprits », « Le cinéma nous intoxique ».

Et fédérateurs : « Les images sont dangereuses », « Les images sont fabriquées par ceux qui nous exploitent », « Les images sont les apôtres du capitalisme ».

L'impératrice Harmony fustige les fléaux du libéralisme qui ravagent le pays.

Et incrimine les images.

L'impératrice Harmony veut en priorité faire disparaître les images.

Images photographiques. Images cinématographiques. Images numériques. Peintures. Dessins. Gravures. Illustrations de toute sorte.

Rush Island croule sous leur poids.

L'impératrice Harmony veut leur éradication complète.

Un nouveau corps de police est constitué pour les éliminer — la Brigade de l'Œil.

Cinquante mille agents sont recrutés pour brûler tous les documents. Détruire tous leurs outils de production et de diffusion. Par tous les moyens.

Les frontières de l'île sont fermées. Les liaisons satellite sont coupées. Les échanges internationaux sont interrompus.

Rush Island se transforme en autarcie et se prépare au grand nettoyage.

Falk écoute.

Et approuve.

Il se méfiait déjà des images.

Il avait conscience de leur omniprésence.

Il les avait souvent considérées comme un danger potentiel.

Encore plus depuis la mort de sa femme.

Les photographies de sa femme lui font peur.

Toutes — celles où elle sourit comme celles où elle grimace.

Il finit par les mettre en morceaux et les incinérer dans son évier.

« C'était elles ou moi ! » dit-il à Kaneshiro.

Mais les autres photos se mettent également à l'inquiéter — celles où il est seul comme celles où il y a du monde.

Même celles où il n'y a rien d'autre qu'un putain de paysage.

Celles-là aussi — il ne peut plus les supporter.

Et il fout pratiquement le feu à son appartement le jour où il les fait cramer.

Kaneshiro lui rapporte alors les propos de l'impératrice Harmony — « Les photographies sont nocives », « Le cinéma rend fou », « La télévision est l'opium du peuple ».

« Il est temps de fermer ces robinets à came ! » estime Falk.

— Tu n'étais même pas encore né… jeta-t-il à Strummer.

— Quoi ? renâcla ce dernier.

Falk se souvint de crépitements assourdissants et revit parfaitement l'incendie de la Millenium Corporation — la boîte qui avait produit *Blood for Mr Massacre.*

— Tu mettais encore des couches alors que je sevrais déjà les yeux de la population au lance-flammes ! dit-il.

Strummer ne répliqua pas.

— Et je dirigeais une unité de quatre cents hommes alors que tu apprenais tout juste à marcher ! ajouta Falk.

Les effectifs de la Brigade de l'Œil se réduisaient désormais à trois mille agents — ils avaient fondu en même temps que les images.

Falk luttait depuis vingt et un ans — il en avait quarante-trois et tous ses cheveux étaient déjà blancs.

Il ne se souvenait presque plus du visage de sa femme — mais il se réveillait quelquefois en espérant la retenir par sa longue chevelure brune.

4

Il l'avait rattrapée par un bras alors qu'elle allait tomber sur la chaussée et elle s'était agrippée à lui — à sa taille et à ses épaules.

Elle avait enfoncé ses doigts dans sa peau en haletant.

Kao avait senti l'odeur âcre de son vomi. Il avait essuyé les bouillons de morve que déversaient ses narines. Il l'avait serrée contre lui et l'avait empêchée de trembler davantage.

Elle avait gémi.

Elle avait remué les lèvres.

Elle avait murmuré des mots inaudibles.

Il avait dû se tordre les cervicales pour coller une oreille tout près de sa bouche et comprendre ce qu'elle disait — « Je n'avais jamais vu ça… »

Elle avait répété ça plusieurs fois.

Il n'avait pas fait de commentaires — il s'était contenté de lui faire traverser la foule surexcitée qui emplissait la rue Nosaka.

Des filles cherchaient leurs sacs. Des mecs gueulaient des prénoms pour retrouver leurs camarades. Des témoins faisaient des gestes véhéments pour décrire l'intervention des najas aux badauds éberlués.

Kao s'était frayé un chemin entre les cris et les coups de genou.

Elle était incapable de marcher alors il l'avait à moitié portée.

Laissant les néons de la salle de jeux miroiter crûment derrière eux.

Ils avaient atteint la place Offenbach et — bercée par le rythme de ses pas ou par le bruit de la fontaine qui coulait là — elle s'était endormie debout contre son épaule.

Il lui avait plongé la tête dans l'eau.

Elle avait crié.

Elle l'avait griffé.

Elle lui avait craché dessus.

Il s'était assis sur le rebord de la fontaine et il avait attendu qu'elle s'arrête.

Le ciel était noir — une nuit couverte de nuages en fonte.

Les gens rasaient les murs. Les véhicules glissaient en silence. Les fenêtres allumées dessinaient de tortueux damiers sur les immeubles.

Elle avait fini par s'asseoir à son tour — et ils ressemblaient maintenant à un couple fatigué ou à deux ennemis se connaissant depuis toujours.

Leurs coudes se frôlaient mais eux restaient muets et immobiles à contempler leurs chaussures.

— Je n'avais jamais vu ça...

Sa voix était désormais parfaitement claire.

Kao releva les yeux vers elle — ses jambes nues, son tee-shirt à pois humide et sale, ses cheveux ruisselants, ses yeux aussi durs que deux encoches faites au couteau.

Elle poursuivit sans se soucier de savoir s'il l'écoutait ou non :

— La façon dont ils ont procédé pour crever les yeux de ce criminel ! Je n'avais jamais vu ça !

— Alors tu n'as encore rien vu… lui dit simplement Kao.

Ça éteignit toute tentative de discussion sur le sujet.

Elle secoua ses cheveux trempés et il observa les gouttes voler.

Des milliers d'impacts assombrirent le sol au même moment — la pluie.

Kao rentra la tête dans les épaules et avança sans risque :

— Je suppose que tu es au lycée ?

Elle ne répondit pas.

Il insista :

— Tu es en quelle classe ?

— Laisse tomber !

— Quoi ?

— Je ne tiens pas à avoir de conversation avec toi.

Après ça — juste le bruit de la pluie heurtant le sol.

— Tu te serais écroulée sur l'asphalte sans mon aide… finit cependant par lui rappeler Kao.

Elle haussa les épaules.

Il se mordit une joue avant de dire :

— Tu as le ventre vide. Il faudrait que tu manges quelque chose.

Elle renversa sa tête en arrière et ouvrit la bouche pour gober de lourdes gouttes de pluie.

Sa gorge luisante se contracta sous le ciel hachuré par les arcs électriques.

Kao arrondit les yeux.

Des milliers d'étincelles éclaircirent la place — la foudre.

— Tu dois avoir bien plus faim que moi ! prétendit-elle.

Il ne saisit pas immédiatement :

— Pourquoi ?

— Je t'ai vu…

Le tonnerre anéantit la fin de sa phrase et les trombes s'abattirent sur eux avec encore plus de véhémence.

Elle fit cingler ses cheveux et proclama avec la même force :

— Avaler des images ne nourrit pas l'estomac !

— Je n'ai pas avalé ça par gourmandise ! rétorqua-t-il.

Un nouveau coup de tonnerre emporta ses mots suivants.

Il dut hausser le ton pour se faire entendre :

— J'ai simplement eu peur ! J'ai déjà vu tant de pauvres types se faire exécuter par les najas !

— Les « pauvres types » dont tu parles doivent être considérés comme des criminels ! sermonna-t-elle.

Il observa distraitement les flaques instables.

Il guetta les rafales de vent qui semblaient les disperser à coups de massue.

Il s'accorda à la valse des éclaboussures orchestrée par les bourrasques et finit par exposer sans crainte :

— Les images ne nourrissent pas l'estomac. Mais elles nourrissent tout le reste si tu les regardes attentivement ! Et bien plus que les discours officiels sur…

Elle ne voulait pas entendre ça alors elle se leva et partit en courant.

— Emma ! cria Kao pour tenter de la retenir.

Elle revint à pas lents.

Ses traits exprimaient l'inquiétude.

— Comment connais-tu mon prénom ?

— Je l'ai entendu tout à l'heure. Quand tu étais avec tes camarades.

Elle les avait oubliés — ils avaient disparu et elle n'avait même pas fait semblant de les chercher.

— Est-ce que je peux connaître le tien ?

— Je m'appelle Kao.

— Kao… répéta-t-elle.

Presque tous les prénoms des moins de vingt ans étaient issus de la littérature — pas celui-ci.

Emma fouilla vainement dans son champ culturel :

— Ça ne m'évoque rien. De quelle œuvre est-ce tiré ?

Elle devait avoir le même âge que lui et ne devait pas avoir le moindre germe de culture cinématographique.

Leur génération était la première à ne pas connaître les images — elles avaient disparu sous les yeux de leurs parents.

« La première génération pure » vantait l'impératrice Harmony — « La génération des vierges » se moquait Holden.

— Mes parents se foutaient de la littérature, finit-il par révéler brutalement. Ils m'ont donné le nom d'un acteur. Jack Kao jouait des rôles de gangster dans des films et…

— Je ne veux pas le savoir ! le coupa Emma.

Elle devait être convaincue que le cinéma était une drogue nocive — « L'opium du peuple ».

Elle n'avait jamais dû mettre en doute les men songes de la dictature — ni même en avoii conscience.

— Tu agis et tu t'exprimes comme un terroriste s'offusqua-t-elle.

Il lui emprisonna un poignet et la força à se rasseoir.

Il réfléchit en quatrième vitesse.

Il mentit :

— Je ne trempe pas là-dedans ! Je monnaye juste quelques documents contre des informations !

— Tu peux trouver toutes les informations dont tu as besoin à la Grande Bibliothèque ! objecta-t-elle.

— Sûrement pas celles que je cherche…

— Que cherches-tu donc de si rare ?

Il contempla son visage dégoulinant de pluie.

Puis la lâcha.

Elle ne bougea pas — elle tordit son tee-shirt à pois imbibé de flotte, se frotta les jambes parce qu'elles étaient mouillées et froides, mais resta assise là.

Il supposa qu'elle attendait la réponse à la question qu'elle lui avait posée.

— Des souvenirs... finit-il par balancer.

Elle ne bougea pas davantage.

— Il y a des souvenirs qu'il vaut mieux ne pas déterrer.

— Pour quelle raison ? demanda Kao.

Elle lui servit la morale en vigueur :

— Ils sont peut-être trop vieux... Et trop dangereux.

— Je ne crains pas le danger ! se vanta Kao. Je ne crains que le silence qui règne dans les bibliothèques.

Les grondements de l'orage ne le démentirent pas.

Il écarta les pointes de cheveux qui lui barraient les yeux et regarda Emma.

Son accoutrement de coccinelle.

Sa nuque fouettée par les lanières de la pluie.

Ses mèches remuant telles de soyeuses mais venimeuses pattes d'araignée.

Et ce détail — une faille dans le creux de sa lèvre supérieure.

— Tu seras pourtant bien obligé de te rendre à la Grande Bibliothèque si tu as envie de me revoir, dit-elle.

— Pourquoi ?

Elle sourit — le sillon au-dessus de ses lèvres se courba et Kao faillit se faire happer le cœur.

— Parce que c'est là-bas que je passe la plupart de mon temps quand je ne suis pas en cours ! lui confia-t-elle.

Un large éclair fendit les nuages et se tordit selon des angles plus aigus que des flèches et se morcela en une infinité de branches.

Des milliers de fragments dans l'air — et autant sous le crâne de Kao.

5

Les couloirs étaient pratiquement déserts.

Falk consulta le planning de la nuit — les équipes de permanence étaient en patrouille et il devait attendre le retour de l'une d'entre elles avant de se tirer.

— Va prendre un café…

Il parlait parfois tout seul — il se donnait des ordres.

— Est-ce que tu as de la monnaie ?

Il se posait aussi des questions — il vivait seul depuis vingt et un ans.

Il fouilla dans ses poches et se dirigea vers la machine à café.

Un flic en uniforme se tenait devant — un jeune flic de la Brigade criminelle.

Deux traits dorés sur les épaules et sur les manchettes — un lieutenant.

— Qu'est-ce que tu fabriques ici, gamin ? lui jeta Falk.

L'aile nord du commissariat central était réservée à la Brigade de l'Œil — la Brigade criminelle occupait l'aile ouest.

— Tu es lieutenant et tu ne sais pas te repérer dans les couloirs ?

Le jeune fixa la plaque de métal sur le blouson de Falk — il remarqua son nom et les trois barrettes de son grade en relief.

— Notre machine à café est en panne, expliqua-t-il.

Dehors — un orage avec son cortège de rafales.

Falk attendit la fin du vacarme pour signaler froidement :

— Je n'aime pas voir les flics de la Criminelle traîner dans le secteur !

« Clic-clac ! » dans son dos — le déverrouillage de la porte des toilettes.

Et une voix grasse :

— Le lieutenant McNee ignore encore ton caractère de cochon !

La voix du commissaire Douglas.

Douglas — un vieux de la vieille qui était passé par toutes les brigades avant de finir commissaire principal de la Criminelle.

— McNee est le plus jeune lieutenant de la police, poursuivit-il en extirpant sa masse imposante des toilettes. Et il me succédera peut-être au poste de commissaire lorsque je prendrai ma retraite l'année prochaine.

— Vos toilettes sont aussi en panne ? rugit Falk.

Douglas ricana — les plis luisants de son triple menton tressautèrent.

Il caressa son ventre énorme et fit craquer ses doigts boudinés.

— Falk a toujours été à cheval sur le règlement ! indiqua-t-il au lieutenant McNee.

Une vieille histoire circulait — on racontait qu'un agent de la Criminelle avait un jour punaisé une photographie dans un couloir de l'aile nord, il avait soi-disant fait ça pour rire, il avait affiché cette image dans ce couloir pour refroidir l'orgueil des « najas », se moquer de leur prétention, les remettre en place, sauf qu'un capitaine de la Brigade de l'Œil avait fini par identifier ce petit malin et, comme le prévoyait le règlement, lui avait crevé les yeux.

Le nom de ce capitaine : Falk.

Tous les fonctionnaires qui bossaient au commissariat central — et peut-être tous les fonctionnaires au service de la Sécurité — connaissaient cette histoire.

Mais rares étaient ceux qui pouvaient garantir son authenticité.

Douglas le pouvait — Douglas avait été un des partenaires du petit malin que Falk avait exécuté.

— Depuis quand êtes-vous à la Brigade de l'Œil ? voulut savoir McNee.

Dehors — la pluie et les éclairs.

Falk glissa une pièce dans la machine à café sans répondre au gamin.

— Il alimente le feu depuis les débuts ! dit le commissaire Douglas. Il a même participé à son allumage !

— J'ai d'abord passé deux ans à la Brigade criminelle, jugea bon de préciser Falk. À une époque où les crimes de sang existaient encore…

— Ils existent encore ! éructa McNee.

— Dans de moindres proportions ! lui répliqua Falk. Le nombre d'homicides est devenu dérisoire.

— C'est vrai, confirma Douglas. À croire que nos pulsions meurtrières se sont éteintes...

Falk ne cacha pas son mépris :

— Elles ne se sont pas éteintes pendant que les agents de la Criminelle sirotaient tranquillement leur café.

Douglas traduisit à McNee :

— Le capitaine Falk estime que la raréfaction des crimes de sang est la conséquence directe de la quasi-disparition des images...

— Qui en doute ? aboya Falk.

Le commissaire Douglas fit une moue inexpressive.

Dehors — les coups de tonnerre.

— Qui en doute ? répéta Falk — un ton plus haut.

— Personne, lui assura Douglas. Personne.

Il frappa fébrilement dans ses mains pour sermonner son subordonné :

— Allons-y ! Sinon le capitaine Falk va finir par se demander à quoi les flics de la Criminelle peuvent bien servir !

Ils entreprirent de remonter le couloir en direction de l'aile ouest mais le jeune McNee fit soudain demi-tour.

— Quoi ? lui demanda Falk.

Le gamin se mit à disserter :

— Je pense que l'abolition des privilèges, la fin des inégalités, le partage équitable des richesses et toutes les réformes économiques et sociales mises en œuvre par le gouvernement de l'impératrice Harmony ont aussi largement fait baisser le taux de criminalité ! Les agents de la Brigade de l'Œil ont une fâcheuse tendance à l'oublier !

Falk eut du mal à faire la part des choses — et à encaisser.

— Es-tu en train de remettre en cause le travail de cette Brigade, gamin ? fulmina-t-il.

— Je dis seulement que la diminution de la criminalité dans ce pays ne dépend pas uniquement de la disparition des images... corrigea McNee.

Un gobelet plein vola — arrosant le mur juste derrière le lieutenant de la Criminelle.

— Tu défends le même point de vue que les terroristes contre lesquels lutte ma Brigade, gamin ! hurla Falk.

McNee tourna les talons sans répondre.

Dehors — toujours le déluge.

Falk observa son propre reflet dans la vitre de la machine à café — « À quoi ressembles-tu ? »

Il ne vit que deux choses.

Le col de son blouson en cuir complètement râpé.

Et les cernes qui soulignaient ses galiscopes.

6

« … grâce à la destruction des images qui empoisonnaient la population dès son plus jeune âge ! » — le radio-réveil se connecta sur cette fin de phrase et tira Kao d'un sommeil sans rêve.

« L'échec scolaire a pratiquement disparu depuis l'abolition de la télévision. »

Kao reconnut la voix du ministre de l'Éducation — le professeur Doyle.

Ce dernier vantait régulièrement les mérites de la politique de l'impératrice Harmony — sur *Fréquence Info* et ailleurs.

« Les élèves apprennent de mieux en mieux et de plus en plus vite » s'exalta-t-il. « Les étudiants sont de plus en plus nombreux. »

« Il était donc urgent d'entreprendre la construction de cette université pour répondre à leurs effectifs croissants et satisfaire leurs besoins grandissants ! » — il acclamait ce matin le lancement du chantier de la Nouvelle Faculté de Lettres.

« Un chantier incontournable pour une Faculté digne de notre savoir » claironna le présentateur du journal.

Kao consulta l'heure — 7 h 15.

« Huit mois de grands travaux pour une ouverture à la prochaine rentrée scolaire » informa une autre voix. « Sur la rive droite du fleuve Tanshui au pied de la colline Danang. »

— Le dernier endroit encore sauvage au bord du fleuve ! se plaignit sa mère en entrant dans la chambre.

Elle embrassa Kao et leva le rideau mécanique :

— Debout !

Il alla se doucher sans pour autant couper le son du radio-réveil.

« L'âge moyen pour obtenir le baccalauréat a considérablement diminué durant ces vingt dernières années ! » s'enthousiasmait une enseignante lorsqu'il revint dans sa chambre pour enfiler son pantalon. « Les étudiants de ma génération avaient toutes les peines du monde à décrocher ce diplôme avant dix-huit ans... Les jeunes d'aujourd'hui le valident désormais facilement à quinze ans. »

— Je parviendrai peut-être à ce niveau-là dans les temps, signala Kao.

— Seulement si tu obtiens ton diplôme à la fin de cette année scolaire ! rappela sa mère.

« Il n'est plus à démontrer que l'éducation, richesse de notre avenir, s'est considérablement développée ! » assena un expert — ne faisant que répéter les propos du ministre.

« Et cette Nouvelle Faculté élèvera encore le niveau des connaissances qui alimenteront le terreau de cette richesse ! »

Kao préféra alimenter son estomac sans prêter

attention plus longtemps aux commentaires qui se succédaient en boucle.

Sa mère éteignit le poste :

— On connaît leur refrain par cœur. Ils chantent toujours le même.

Elle ne supportait pas cette musique — elle jouait une tout autre partition.

Elle évoquait avec nostalgie la Cinémathèque. Elle racontait à Kao les films qu'elle avait pu voir autrefois. Elle lui décrivait des scènes entières.

Elle lui parlait aussi parfois de « la cinéphilie française » — et de Paris, la Ville lumière, « celle où l'on peut voir le plus de films au monde » s'enthousiasmait-elle.

Parce qu'elle avait fait une partie de ses études là-bas.

Avant — avant la fermeture des frontières.

Une époque désormais lointaine.

Kao jeta un œil vers le ciel — la pluie avait cessé mais les nuages ne laissaient aucune place libre.

— Tu es rentré tard hier soir… fit remarquer sa mère.

Elle était prête à partir au boulot mais restait debout dans l'encadrement de la porte de la cuisine.

Il se contenta de confirmer d'un mouvement de tête.

— Qu'est-ce que tu as fait ? demanda-t-elle.

— Pas grand-chose.

Elle ignorait tout de ses activités frauduleuses.

— Est-ce que je peux au moins savoir où tu étais ?

— Dehors… répondit-il simplement.

Elle soupira et sortit.

Kao ne voulait pas la mettre au courant.

Elle ne supporterait pas. Elle avait vu tomber tant de monde. Tant de proches. Le père de Kao. Et son grand-père — son propre père à elle.

Elle avait autrefois projeté des films. À la campagne. Bien avant la Révolution.

Elle bossait désormais dans une blanchisserie.

Kao mit son blouson et examina son allure dans le miroir fixé à la porte.

Son reflet sembla se moquer de lui.

Il détourna la tête et retourna dans sa chambre.

Pas pour faire son lit — pour attraper un polar sur la pile qui trônait à côté de sa lampe de chevet.

Il glissa le roman dans son cartable en grommelant :

— J'emmerde les études universitaires !

« Les études te permettraient pourtant de dire moins de conneries ! » se serait moqué Holden s'il l'avait entendu.

Kao suivait sans grand intérêt les cours du lycée mais le rythme de la vie scolaire s'accordait bien avec ses préoccupations principales — les images.

Il établit le programme de sa journée :

— Trois heures de cours. Puis passer au cimetière voir Holden…

Le vieil homme allait certainement mal le prendre — mais Kao ne possédait plus une seule image et il devait recharger son stock.

— La Grande Bibliothèque est dans la même direction, se réjouit-il.

Emma — la jeune fille lui emplissait le crâne.

Il chercha à la chasser de son esprit.

« Il y avait autrefois des photos de femmes à poil dans certaines revues ! » avait-il entendu dire. « Et bien pire… »

Kao sourit.

Il avait quinze ans. Il était inscrit en classe de terminale au lycée Pouchkine. Il voulait pouvoir se réveiller un jour en voyant des images défiler sur les murs de sa chambre.

7

Le van quitta le sous-sol du commissariat central dans un crissement à vriller les tympans — les essieux acceptaient de moins en moins bien la spirale que formait la rampe de sortie — et bondit sur l'avenue Faulkner en mordant l'asphalte du bout de son pare-choc avant.

Kaneshiro donna de grands coups de volant pour se faufiler à travers la circulation qui obstruait le quartier Majuscule à cette heure-là — le quartier des bureaux à l'heure d'embauche.

Direction Italique — le quartier étudiant.

Et plus précisément la rive du fleuve Tanshui au pied de Danang.

« Alerte sur le chantier de la Nouvelle Faculté ! » avaient braillé les hauts-parleurs.

— On y va ! s'était empressé Falk.

L'édition matinale du journal *Description* consacrait sa première page — et les suivantes — à ce chantier.

NOTRE AVENIR EN CONSTRUCTION — en titre.

Falk parcourut les principaux articles durant le

trajet — les galiscopes permettaient de suivre correctement les lignes même si Kaneshiro jouait à saute-mouton avec le véhicule pendant la lecture.

— C'était prévisible… commenta-t-il. Tomber sur des images en retournant la terre dans un endroit pareil…

Il suffisait parfois de creuser une parcelle non exploitée pour trouver des documents interdits.

— On a pourtant ratissé tous les mètres carrés de cette île ! râla Kaneshiro.

La Brigade de l'Œil s'était longuement mobilisée pour passer l'ensemble du pays au peigne fin — des centaines d'équipes avaient sondé le territoire en long, en large et en travers.

— On a sondé les pentes du mont Yushan ! se souvint Kaneshiro. On a dragué le lac de Tien-Hsiang ! On a même fouillé dans les profondeurs de toutes les sources chaudes de la côte est !

— Il faut croire que des trucs ont glissé entre vos mailles ! se moqua Strummer.

— Évidemment, reconnut Falk. On n'a pas pu tout examiner à la loupe.

Il regarda la colline Danang envahir le pare-brise — puis en déborder au fur et à mesure que le van avançait vers elle.

— Des images sont encore dissimulées dans la nature… dit-il.

— Accordez-vous du crédit à la rumeur ? risqua Strummer — il n'eut pas besoin de préciser laquelle.

Le capitaine ne répondit pas.

La rumeur disait qu'un gigantesque réservoir de

documents interdits était enterré quelque part. Quelque part sur Rush Island, dans un coin du pays, sur une partie de cette île ou sous ses rochers côtiers, entre ses sentiers escarpés ou au fin fond d'une bambouseraie, au milieu de la campagne ou dans les égouts de Taïpen. Taïpen, la capitale, le siège du pouvoir, la résidence de cinq millions d'habitants, la zone la plus contaminée par le trafic des terroristes, le lieu le plus indiqué pour abriter cette concentration de documents. Des documents sur lesquels, selon la rumeur, personne n'avait encore jamais posé les yeux. Un réservoir imaginaire que la rumeur désignait sous le nom de Diaphragme.

Personne ne croyait à cette histoire — sauf peut-être les agents de la Brigade de l'Œil.

— Le Diaphragme est une invention des terroristes ! trancha Kaneshiro. On a suffisamment enquêté pour se convaincre que le sous-sol ne regorgeait pas de poison de ce genre !

Falk n'était pas aussi catégorique — il ne croyait pas que des recherches puissent confirmer ou infirmer l'existence du Diaphragme.

Il croyait au hasard.

Et s'il avait été si prompt à engager ce matin son équipe sur cette intervention, c'était précisément parce que le hasard pouvait, à l'occasion d'un chantier, déterrer le pire.

Le van arriva sur place en défiant les ornières.

Sur place — des arbres déracinés, des nuées de sciure et de fibres végétales, des copeaux de bois fusant comme des pointes de carreaux, des escadrons d'insectes, des enchevêtrements de broussailles, des amas de pierres, des tranchées, de la vase, de la boue partout.

Sur place — des friches qui volaient, un rocher concassé par une machine aux mâchoires en acier, le sol en train de se faire déchiqueter.

Sur place — des terrassiers au boulot.

Des lames étrillaient et tronçonnaient. Des houes abattaient des monceaux de ronces. Des bras articulés arrachaient des pans entiers de sous-bois.

Un panneau ratifié par le ministère de l'Éducation et le ministère de l'Aménagement annonçait la nature des travaux — « Nouvelle Faculté de Lettres ».

Kaneshiro pila juste devant.

Falk survola les lieux sans arriver à trouver un point sur lequel se concentrer.

Des bulldozers sarclaient tout le périmètre et leurs chenilles broyaient des fourrés plus hauts que le van.

— C'est moi qui vous ai alertés !

Le chef de chantier — probablement.

— Une pelleteuse a déniché quelque chose au niveau de…

Un engin tapageur empêcha Falk de comprendre la suite.

Il délogea cependant le lance-flammes de son emplacement — sous le siège arrière — sans attendre.

Simple réflexe — il savait que les découvertes faites dans ces circonstances pouvaient se révéler trop volumineuses pour être brûlées au chalumeau.

— Où ça ?

— Là où on déblaie le terrain pour creuser les fondations du bâtiment principal !

Le chef de chantier montra un monticule de terre — au bout d'un layon.

Falk déplia un pouce — et ses collègues se déployèrent dans cette direction.

Là-bas — sous la terre.

Une parabole, un poste de télévision, un lecteur numérique.

Et des cartons — trois cartons scellés de scotch noir.

— Personne n'y a touché ! s'empressa de garantir un ouvrier. On a immédiatement prévenu le chef de chantier !

Strummer éventra les paquets avec le fer de ses bottes — des vidéodisques en émergèrent et il recula d'effroi.

— Encore un fanatique qui a dû enterrer ça en croyant pouvoir reposer les yeux dessus un jour... avança Kaneshiro.

« Brawouf ! » — Falk arrosa l'ensemble au lance-flammes.

Il craignait une averse mais la voûte sombre que formaient les nuages se fissura et une fraction de soleil s'écrasa sur le brasier.

Des terrassiers suspendirent leurs manœuvres. Les uns ôtèrent leur casque pour saluer l'apparition des premiers rayons de la journée. Les autres observèrent la fumée noire et grasse dégagée par la combustion des matières plastiques.

Une certitude — aucun d'entre eux n'aurait

permis que la plus infime image échappe aux flammes pour souiller le futur emplacement de la Faculté dont ils entamaient la construction.

— Pour combien de temps estimez-vous en avoir ? demanda Falk.

Le chef de chantier consulta sa montre comme si le calendrier de son entreprise figurait dessus :

— Huit mois pour l'ensemble des travaux.

— Je voulais parler du terrassement... précisa Falk.

— Dix jours sont prévus ! le renseigna le chef de chantier. Mais deux semaines complètes me semblent à peine suffisantes !

— Vous allez certainement devoir encore faire appel à notre Brigade durant cette période... estima Falk. Je veillerai à poster une équipe en permanence dans le secteur pour pouvoir intervenir ici au plus vite.

Le chef de chantier consulta une nouvelle fois sa montre et fila sans lui accorder une seconde de plus.

Le feu dégageait une odeur suffocante.

La fumée engloutit Kaneshiro et noircit les galiscopes de Strummer.

Les flammes se tassaient alors que le ciel continuait de s'éclaircir sans fléchir.

Falk attendit l'extinction des dernières braises avant de regagner le van.

8

Kao s'était débarrassé de son blouson — et de ses prétentions à déceler une quelconque logique dans le microclimat de Taïpen.

Il traversa la cour du lycée pour gagner la cantine.

En nage — le soleil faisait fondre l'asphalte façon *ice cream*.

Plusieurs des élèves de sa classe étaient déjà en train de déjeuner.

— Nos parents n'ont pas eu le choix ! fulminait Jackson entre deux bouchées. Faire des études dans de bonnes conditions n'était pas envisageable à leur époque !

Jackson était un des élèves les plus brillants de l'établissement.

— Les professeurs manquaient ! Les classes étaient surchargées ! Et il fallait débourser des sommes astronomiques !

Kao repéra le journal *Description* sur un coin de table — les mêmes phrases braillées ce matin sur *Fréquence Info* à propos du chantier de la Nouvelle Faculté.

La discussion devait être là-dessus — l'enseignement et tout le tremblement.

— On a eu plus de chance... reconnut Stoker. On a bénéficié des réformes de l'impératrice Harmony.

Stoker avait à peine treize ans.

— L'éducation gratuite ! argumenta Jackson.

— Gratuite et obligatoire, souligna Stoker.

Kao s'installa à la table voisine — avec des élèves en blouse blanche.

Et tendit l'oreille.

— Les réformes de l'impératrice Harmony ont changé quelque chose de fondamental ! annonça Jackson.

— Sans blague... glissa Kao entre ses dents.

Jackson sourit avec suffisance :

— Hormis les images, une chose bien particulière nous différencie de toutes les générations précédentes.

Le silence se fit.

Jackson exposa sa théorie :

— Les images, c'est matériel, c'est en surface. Mais au fond, dans les têtes, qu'est-ce qui a véritablement changé ?

Tout le monde attendit.

— « C'était mieux avant » lâcha Jackson.

Personne ne put entendre ses guillemets.

— Qu'est-ce qui était mieux avant ?

— Rien ! assena Jackson. Voilà justement ce qui a changé !

Personne ne comprit davantage.

— Les citoyens passaient autrefois leur temps à

regarder derrière eux avec nostalgie ! finit-il par expliquer. Et ils scandaient toujours cette rengaine : « C'était mieux avant. »

Il marqua une pause — l'ensemble du réfectoire suspendu à ses lèvres.

— « C'était mieux avant » reprit-il. « Le bon vieux temps. » Plus personne ne prononce ce genre de phrases ! Voilà l'évolution la plus capitale induite par les réformes de notre Impératrice ! Car ces réformes ont rendu notre présent plus séduisant que notre passé. Et notre avenir encore plus attrayant que notre présent !

Il prit ses camarades à témoin et tous approuvèrent — sauf Kao.

— Seuls les anciens bourgeois regrettent les réformes de notre Impératrice ! martela Jackson.

Kao devina la suite.

— Les anciens bourgeois et les terroristes ! cria Stoker.

Cet amalgame était inévitable — « Les dictatures prennent soin de coller tous leurs opposants dans le même panier » disait Holden.

— Les terroristes ne regrettent que les images ! protesta Kao. Pas les réformes sociales !

Il liquida son repas et fila sans saluer personne.

Le cimetière Haïku était sur la ligne Hemingway — la ligne de bus qui reliait par une boucle la banlieue sud à l'opéra Monteverdi dans le centre historique de la ville.

Un lieu de repos entre les murs bouillonnants de Badwords et Sentence.

Désert — mais bientôt plein à craquer.

Le père de Kao était enterré là.

Il s'était fait exécuter par les gardes-côtes alors qu'il tentait de quitter le pays.

Kao avait trois ans — il ne se souvenait plus.

Et sa mère parlait davantage de son grand-père — le projectionniste dont le corps était enfoui quelque part sous les flancs de la colline Danang.

Kao ne se recueillit devant aucune tombe.

Il parcourut les allées — ombragées, propres et fleuries, méticuleusement entretenues par Holden — et rien ne le distinguait des autres promeneurs ou des employés de bureau qui déjeunaient là à l'abri du soleil.

Il flâna parmi eux jusqu'à la cabane de Holden.

Un peu plus qu'une cabane — un baraquement qui servait à la fois de remise, de cellier, d'atelier, de cuisine et de chambre à coucher.

Les fenêtres étaient ouvertes.

La porte était ouverte.

Personne.

Le vieil homme arrosait des massifs un peu plus loin — à l'angle d'une parcelle.

Kao approcha sur la pointe des pieds — dans son dos.

— Kao ! s'exclama Holden. Plus tu essaies de te faire discret et plus je reconnais tes pas de loin ! Ne fais pas le malin avec moi !

Un voile opaque lui recouvrait les rétines mais grzzz ! grzzz ! — ses oreilles étaient des radars.

— Tu es en train d'arroser des pierres, tenta de lui faire croire Kao.

— Mon œil ! rétorqua le vieil homme. Je sens le

parfum des catalpas juste sous mon nez ! Et je travaille ici depuis si longtemps que je connais la place du moindre gravier !

Sans lunettes noires — « Matez mes ténèbres ! ».

Avec une tige de bambou en guise de canne blanche.

Holden était aveugle — Holden faisait partie des deux millions deux cent mille aveugles que comptait Rush Island.

Deux millions deux cent mille — quinze pour cent de la population du pays.

Un taux colossal — conséquence de la politique répressive de l'impératrice Harmony et des exécutions massives perpétrées par la Brigade de l'Œil.

Cinquante mille najas avaient crevé les yeux d'un million de personnes les six premiers mois de la dictature — et d'un million de plus les dix-huit mois suivants.

Mais Holden ne faisait pas partie de ces victimes.

Holden était aveugle depuis toujours — il était né comme ça bien avant qu'Harmony ne voie le jour.

— Un bon citoyen est un citoyen aveugle ! ironisa Kao en reniflant les fleurs.

Le vieil homme lui serra la main :

— Quoi de neuf, petit con ?

Kao baissa la voix pour avouer :

— J'ai failli me faire coincer hier soir. J'ai dû bouffer ma dernière image.

— As-tu au moins réussi à dégoter quelque chose ?

— Non. Mais j'ai rencontré une fille.

— Quel intérêt, petit con ?

— Elle est belle.

— Et puis ? fulmina Holden. C'est pour me raconter ces âneries que tu es venu jusqu'ici ?

— Je viens chercher un nouveau stock de marchandises à écouler… plaida Kao.

Holden secoua la tête :

— Fuji m'a ordonné de ne rien faire circuler jusqu'à nouvel ordre !

Fuji — le cerveau, la référence, la tête de la Résistance.

L'histoire disait qu'il avait reconstruit des caméras et des télévisions. Qu'il préparait la renaissance des images. Qu'il était caché au fond de l'eau. Qu'il sortait les nuits d'orage pour prendre des photographies à la lumière des éclairs.

Kao classait tout ça dans la catégorie « Contes et légendes ».

Holden lui pressa sa canne en bambou sous le cou :

— Il commence à se demander si les amateurs de ton espèce se remuent suffisamment les yeux !

Il y avait une autre histoire — celle du Diaphragme.

Elle disait que des films avaient survécu, des films auraient échappé à la destruction, des films seraient enfouis quelque part, à l'abri, dans un endroit que la rumeur avait baptisé le Diaphragme.

Kao accordait plus de crédit à cette histoire-là qu'à l'existence de Fuji.

Il orienta ses yeux au-delà des murs du cimetière — vers les hauts bâtiment de la Grande Bibliothèque.

— Tu es encore là ?

Kao shoota dans les graviers et faucha un bouquet d'iris sur une tombe sans en demander la permission à Holden.

— Petit con ! grommela le vieil aveugle. Que comptes-tu faire de ces fleurs ?

9

Une multitude de jeunes vautrés sur des pelouses — le campus en plein soleil.

Ils potassaient. Ils échangeaient de la salive. Ils se bousculaient et se roulaient par terre.

Mais un truc ne cadrait pas — trois membres de la Brigade de l'Œil se promenaient parmi eux.

Falk et son équipe.

Le capitaine avait décidé de traîner dans le quartier Italique.

Histoire de rester à proximité du chantier — en cas de nouvelles découvertes.

Et de surveiller un peu les étudiants — même si le nombre de délits dans les universités était plutôt négligeable.

Simple ronde de najas.

Strummer évitait de regarder en direction du Stadium — il avait manqué son diplôme d'éducateur sportif et ne tenait pas à revoir le tombeau de ses suées.

Kaneshiro lorgnait du côté des espaces verts — là où les filles se prélassaient les jambes nues.

— Et si je reprenais mes études ? lâcha-t-il.

— À qui crois-tu pouvoir faire avaler ça ? sonda Falk.

— Suivre des études me donnerait enfin l'occasion de tomber amoureux ! précisa Kaneshiro en observant une fille faire des assouplissements.

— Vous n'avez jamais été amoureux ? se permit Strummer — qui avait parfois du mal à saisir si son collègue racontait des conneries ou pas.

— Non… soupira Kaneshiro. J'ai été flic toute ma vie !

Il souriait — mais Falk savait qu'il ne plaisantait pas.

Falk savait tout des membres de son équipe — il savait de combien de points Strummer avait raté son diplôme et il savait que Kaneshiro avait toujours mieux soigné les voitures que les femmes.

Il ne fit pas de commentaire.

Il fit un geste du pouce — et ils regagnèrent le van.

Ce fut Strummer qui remarqua le premier le morceau de papier glissé contre le pare-brise.

Des téméraires s'amusaient de temps à autre à coller des documents interdits sur les véhicules de la Brigade — une équipe avait une fois retrouvé son van tapissé du coffre au capot dans les rues de Badwords.

« Fshaouw ! » — le chalumeau que Kaneshiro avait aussitôt dégainé dardait ses pointes bleues mais Falk l'arrêta.

Il déplia le morceau de papier.

Une simple feuille blanche — sans image.

Une feuille avec un message — manuscrit mais anonyme.

Venez tendre vos oreilles sur la terrasse du Père Goriot *et j'orienterai vos galiscopes.*

Le *Père Goriot* — une cafétéria juste de l'autre côté de la rue.

Falk balaya le tableau — des étudiants sirotant des cafés.

Une femme lui fit signe — pas une jeune fille, une femme, les cheveux blonds serrés en chignon, du rouge si vif sur les lèvres que Falk put en distinguer l'éclat de là où il se tenait.

Un mouvement de la main — un geste extrêmement gracieux.

— Elle est assise seule… remarqua Kaneshiro.

Falk traversa la rue.

Et se planta devant elle.

Elle dressa les yeux pour le dévisager mais il était à contre-jour et sa silhouette ne masquait pas complètement le soleil — des rayons débordaient par-dessus ses épaules — alors elle tira les fines lunettes fumées suspendues à son décolleté et les déplia vivement pour les poser sur son nez et ainsi mieux le détailler.

« Falk » et trois barrettes en relief — sur la plaque de son blouson.

— Capitaine Falk, traduisit-il.

— Un café ? lui proposa-t-elle.

Il secoua la tête :

— Je suis en service.

Puis lui montra le morceau de papier :

— Je vous écoute.

Elle lui désigna une chaise :

— Pouvez-vous au moins vous asseoir ?

— Je suis en service, répéta Falk — il resta debout.

Elle plissa le nez et sourit :

— Je devrais également être en train de travailler… Mais mon patron m'a accordé une pause.

Falk approuva d'un hochement de tête.

— Le terme « accordé » n'est cependant pas adéquat, corrigea-t-elle. Je devrais dire, pour être exacte, qu'il m'a obligée à prendre une pause !

Son sourire avait disparu.

— Bon… lâcha Falk.

Il s'épongea la nuque de la main :

— Où voulez-vous en venir ?

Elle ne répondit pas.

Elle s'alluma une cigarette et souffla :

— Je travaille juste en face.

Falk observa la devanture des locaux qu'elle lui indiquait — sur le même trottoir que le van.

— C'est une agence de travail temporaire, constata-t-il.

— Le bureau de mon patron est au premier étage… dit-elle — sa voix tremblait.

Il cala ses galiscopes un cran plus haut :

— Je ne vois qu'un store baissé.

— Le store du bureau de mon patron ! glapit-elle.

— Où est le problème ? s'impatienta Falk — il avait l'impression de perdre son temps alors il fixa ses foyers sur elle et attendit une réponse précise.

Elle écrasa précipitamment sa cigarette.

Elle se mordit les lèvres.

Elle dévoila enfin :

— Le problème est que mon patron est en train de baiser une fille dans son bureau.

Falk resta de marbre :

— Et puis ?

Il marina un moment avant de tourner le dos :

— Je ne vois pas en quoi ça concerne la Brigade de l'Œil.

— Il ne peut pas bander sans photos ! le retint la femme.

Elle avait presque crié et un jeune étudiant en train de réviser plus loin se tétanisa et une fille mordit le rebord de sa tasse à café et le serveur qui serpentait entre les tables lâcha son plateau chargé de verres.

Tout le monde la regardait maintenant — tout le monde hormis Falk.

Falk s'était immobilisé — dos tourné.

Il dut refaire ses derniers mouvements — un pas et un demi-tour — dans le sens contraire pour se retrouver face à elle :

— Pardon ?

— Il ne peut pas bander sans avoir de photos de cul sous les yeux ! dénonça-t-elle, un ton à peine plus bas. Il est obligé d'en recouvrir tous les murs pour la baiser !

Falk se pencha en avant et posa une main à plat sur la table et saisit la femme à la gorge de son autre main pour la soulever et lui écraser le visage contre ses galiscopes :

— Comment le savez-vous ?

Elle toussa.

Elle s'étrangla.

Elle finit par cracher :

— Il faisait exactement pareil avec moi avant que cette petite poufiasse ne lui mette la main dessus !

Falk n'était plus là — il lui avait déjà menotté les poignets entre les montants de sa chaise et il traversait la rue au pas de course.

Kaneshiro comprit — « Le capitaine a déniché un gros morceau ! ».

Strummer anticipa — il s'empara du lance-flammes.

Falk pointa un index au-dessus de leurs têtes — le store tiré du premier étage.

Une porte vitrée bloquait l'entrée principale du bâtiment — une porte dont l'ouverture était gérée par interphone.

Strummer balança une de ses bottes et « Frakshhh ! » — le verre se fendit et dégringola.

Dans le hall — une personne affolée se recroquevilla sous la rangée de boîtes aux lettres.

Le pouce de Falk — « À gauche ! ».

« Frakshhh ! » — la porte de gauche.

Des feuilles volèrent et un type tomba carrément de sa chaise quand ils déboulèrent à l'intérieur de l'agence — une vaste pièce sans cloison avec plusieurs bureaux derrière lesquels tous les employés s'abritèrent instinctivement.

— Les escaliers ? hurla Falk.

Des mains émergèrent entre des tas de paperasse pour indiquer une porte.

Ils gravirent les marches — quatre à quatre.

Sur le palier du premier étage — six portes.

Falk scruta les loquets et les serrures.

Kaneshiro en ouvrit une à la volée — une salle de réunion vide.

Skrrr ! skrrr ! — les fusibles de Falk !

Il se rua sur une porte close — une porte en bois qui ne bougea pas.

Skrrr ! skrrr ! — « Celle-là ! ».

Strummer la défonça et la dispersa en copeaux en un rien de temps.

Et derrière — les images pornographiques étaient partout !

Des revues ouvertes sur le sol. Des pages éparpillées. Des photos de tous les formats punaisées contre les murs. Des posters collés aux portes des placards. Des couvertures de magazines épinglées sur le dossier des fauteuils. Des affiches scotchées au plafond.

Le store était baissé mais une puissante lampe halogène éclairait l'ensemble des documents.

Falk ne vit pas tout de suite le bonhomme entre les jambes de la fille au centre de la pièce — un vrai bonhomme, une vraie fille, pas des photographies.

Le regard de Falk se fit avant tout happer par les images.

« Jessica se fait éclater la chatte » — une phrase sur une page qui éclata dans un coin de ses galiscopes.

Plusieurs photos glissèrent entre les pieds du bonhomme.

Ce dernier abandonna ses mouvements du bassin

et écarquilla les yeux en tressautant comme un pingouin alors que la fille nue couchée sur le bureau tentait de se dégager.

Trop tard — Strummer les empoigna tous les deux par les cheveux et les jeta l'un et l'autre contre un mur à plusieurs reprises avec une violence inouïe jusqu'à ce qu'ils ne puissent plus bouger un membre sans hurler.

Strummer dans ses œuvres — « Strummer, tu le vois, tu as peur ! ».

Strummer — le cou large comme une borne d'incendie et les mains comme des grappins.

Il releva le bonhomme et la fille tous les deux à la fois, enserrant leur visage dans chacune de ses mains, leur coinçant le menton dans le creux de sa paume, les forçant à écarquiller les yeux en plantant les ongles de son index et de son majeur dans leurs paupières inférieures pour les tirer vers le bas.

Falk dégrafa son pyroculis — Falk leur brûla lui-même les rétines.

Un trou dans la sclère. Un cratère dans la choroïde. Un brasier dans le cristallin.

Strummer balança leurs corps secoués de soubresauts dans les escaliers — une avalanche.

Autre avalanche — Kaneshiro détachait-décrochait-dégrafait toutes les images des murs et du plafond.

Strummer ne parvint pas à lui prêter main-forte.

Strummer n'avait encore jamais vu autant de documents interdits — il fut pris de nausées.

Strummer tituba et s'agenouilla sur le palier et s'accrocha fébrilement au paillasson et le déchiqueta entre ses doigts pour réprimer les spasmes de son estomac.

Falk vida les tiroirs.

Falk fouilla dans les placards.

Falk déballa des liasses de nouvelles pages.

Kaneshiro rassembla au milieu de la pièce tout ce qui traînait et connecta son téléphone portable pour avertir les pompiers :

— On va y aller au lance-flammes dans une agence en plein campus !

Mais Falk ne bougeait plus.

Falk — figé devant une photographie.

Une photo qui lui dilata les pupilles et faillit lui faire jaillir la cornée des galiscopes alors que Kaneshiro commençait à arroser le bureau de flammes.

10

Le soleil éparpillé par les milliers de vitres lui fit plisser les yeux — la Grande Bibliothèque ressemblait par beau temps à un gigantesque prisme spéculaire.

Kao baissa la tête et en profita pour lire quelques-unes des citations qui dallaient l'esplanade.

« Ne jugez pas un livre d'après sa couverture » — Ray Bradbury. « Je n'ai jamais eu de chagrin qu'une heure de lecture n'ait dissipé » — Montesquieu. « Une bibliothèque est un foyer » — Charles Bukowski.

— Tu parles d'un foyer…

Un air froid le cueillit dès qu'il franchit les portes du bâtiment — climatisation à bloc.

Il consulta les panneaux sans savoir vers où se diriger.

« Poésie », « Encyclopédies », « Contes », « Théâtre », « Philosophie », « Littérature » et tout le tremblement — un véritable index ceinturait le hall.

Kao ne venait pratiquement jamais ici — l'immensité des lieux l'effrayait.

Il préférait fréquenter les rayons de la petite bibliothèque de sa rue.

Pour des raisons pratiques — mais pas uniquement.

Il aimait surtout flâner dans la petite bibliothèque de sa rue parce que c'était une ancienne salle de cinéma.

Une salle à l'intérieur de laquelle des gens venaient autrefois s'asseoir pour visionner des films — Kao avait du mal à concevoir ça.

De nombreuses salles de cette nature avaient été reconverties pour la bonne cause — en bibliothèques de quartier.

Il n'en restait que les murs — rien de plus.

Sauf que — sur le mur du fond de sa petite bibliothèque, au-dessus des polars, Kao parvenait à distinguer l'emplacement de l'écran.

— Puis-je vous renseigner ?

Il se promenait dans le hall de la Grande Bibliothèque avec son bouquet d'iris.

La Grande Bibliothèque n'était pas un ancien cinéma — c'était l'un des rares bâtiments à avoir été spécifiquement construits pour les besoins de la lecture publique.

Un immense édifice au cœur de Sentence — le centre historique de la ville.

Aucun écran au-dessus de Kao — mais dix étages de livres.

Et juste en face de lui — une hôtesse.

— Puis-je vous renseigner ? répéta-t-elle. Vous semblez être perdu.

— Je cherche une fille… dit-il.

Elle effleura les pétales de son bouquet et ironisa :

— Ne seriez-vous pas en train de confondre la Grande Bibliothèque avec un club de rencontres ?

— J'ai fait connaissance avec cette fille hier soir dans des circonstances qui auraient transformé n'importe quel club de rencontres en mausolée ! répondit sèchement Kao.

Son interlocutrice vira au pâle.

— Elle m'a dit qu'elle venait régulièrement ici… avança-t-il.

— Et puis ?

— Et puis quoi ?

L'hôtesse exposa calmement :

— La Grande Bibliothèque compte deux millions trois cent mille inscrits et plus de la moitié sont des filles alors il ne serait pas superflu de savoir dans quel secteur se rend celle que vous cherchez !

Kao ne le savait pas — Kao ne savait rien sur Emma.

Il avait gardé un souvenir intact de différents détails — ses cheveux noirs et désordonnés, à croire qu'un corbeau agitait frénétiquement ses ailes dedans, la tête qu'elle était obligée d'incliner pour regarder par en-dessous, ses yeux se plissant comme des entailles, le pli entre son nez et sa lèvre supérieure, ses fines jambes nues qui fléchissaient sous la pluie.

Mais il ne possédait que deux informations :

— Elle s'appelle Emma et elle doit être au lycée.

— Ça réduit l'étendue de vos recherches mais ça reste vague, minauda l'hôtesse.

Elle sourit et ajouta :

— Je m'appelle moi-même Emma.

— Elle est jolie... tint à préciser Kao.

— Et pas moi ?

Il s'abstint de répondre.

— Les lycéens effectuent généralement leurs travaux dans les salles d'étude du quatrième étage ! lui indiqua-t-elle.

Il bondit dans un des ascenseurs vitrés et se concentra sur son bouquet.

Une canne blanche empêcha les portes de se refermer — un aveugle prit place à ses côtés.

— Pouvez-vous demander le septième ?

Kao enfonça le bouton correspondant.

— Ils vont bientôt installer un système de commande vocale ! entreprit de lui raconter le bonhomme. Il suffira d'annoncer le numéro de son étage et hop !

Kao le regarda — des lunettes noires, une cinquantaine d'années, un sourire jusque-là — et détourna presque aussitôt les yeux.

Il ne parvenait pas à dévisager les aveugles plus de deux secondes — à part Holden mais Holden ne portait pas de lunettes noires.

— J'ai des appareils domestiques équipés ainsi... poursuivit celui-là alors que l'ascenseur s'élevait lentement. Mon téléphone, ma chaîne hi-fi, mes radiateurs électriques, c'est très pratique.

Mille questions sous le crâne de Kao — « Comment pouvez-vous vous satisfaire de ça ? », « Est-ce que ce n'était pas plus pratique avant ? », « Quand vous ont-ils crevé les yeux ? », « Vous souvenez-vous des couleurs ? », « Pourquoi souriez-vous ? », « Comment faites-vous ? ».

— Quoi ? fit le bonhomme.

— Je n'ai rien dit… se défendit Kao.

— Vous vouliez me poser une question, insista l'aveugle — souriant encore plus aimablement.

— Comment pouvez-vous sourire ? lui demanda simplement Kao.

— Les aveugles ne pleurnichent pas ! se contenta de paraphraser le bonhomme.

Les aveugles ne pleurent pas — le titre d'un best-seller.

Un livre de Kimsoon — le philosophe de référence.

Un auteur contemporain extrêmement populaire — et soi-disant aveugle.

Ses ouvrages vantaient les bienfaits de la cécité — du genre « La véritable lumière est en nous » ou « Ne pas voir le soleil revient à ne craindre ni les ombres ni la nuit » — et les mérites de la dictature contre les images.

— Je vois… soupira Kao

Il considérait Kimsoon comme un escroc à la solde de l'impératrice Harmony — il doutait même de sa cécité.

— Avez-vous lu son dernier livre ? lui demanda l'aveugle.

Les Délices invisibles — Kao en avait entendu de longs et pénibles passages à la radio.

L'ascenseur s'immobilisa et ses portes s'ouvrirent.

— Je préfère les polars de Chester Himes, dit Kao avant de sortir. Les conneries de Kimsoon m'ennuient profondément.

— Petit insolent ! écuma l'aveugle. Je…

Les portes vitrées coulissèrent et emportèrent la suite.

Kao sursauta devant son propre reflet — le mauve des iris dans une main.

Il traversa la coursive en espérant ne pas se perdre.

Les salles d'étude étaient en enfilade — séparées par des rayonnages.

Il les parcourut rapidement.

Un tas de visages pivotèrent vers lui — vers son bouquet.

Il finit par repérer Emma.

Loin — au-delà de plusieurs tables immenses à l'autre bout de l'espace.

Sans son accoutrement de coccinelle. Sans ses jambes nues. Sans les vomissures qui les maculaient la veille. Sans ses lanières de sueur.

Mais toujours ses courts cheveux noirs en pleine bourrasque — malgré l'absence totale de vent.

Et ses yeux fins — deux encoches auxquelles Kao put se raccrocher alors que plusieurs étudiants le montraient du doigt.

Elle aussi le fixait — effarée et surprise.

Il s'avança vers elle.

Lui tendit son bouquet.

— Des fleurs ? s'étonna Emma.

— On appelle ça comme ça… confirma-t-il.

Elle les prit et chuchota :

— Des fleurs, de la part d'un malfaiteur, c'est plutôt flatteur.

La faille, entre son nez et le creux de sa lèvre supérieure, se plissa.

— Mais, si c'est dans le but de me séduire, ça manque d'originalité… déplora-t-elle.

— Tu trouverais peut-être ça plus romantique si je te disais que je les ai fauchées dans un cimetière ! ricana Kao.

— Plus romantique ? Pas du tout. Mais assurément plus romanesque.

Les filles et les garçons qui potassaient alentour mataient la scène en douce — commérages en perspective.

— Je vous rappelle que vous êtes ici dans un lieu de recherche et de lecture ! claironna une bonne femme.

Kao se dandina d'un pied sur l'autre sans oser dire un mot de plus et se mit à fureter distraitement dans les étagères garnies de livres.

— Que cherches-tu ? le taquina Emma.

— Les bouquins de Kimsoon… improvisa-t-il.

— En braille ?

Il ne saisit pas le sens de sa question.

— Tu es en train de consulter un rayon d'ouvrages destinés aux non-voyants, lui dit-elle en se retenant de rire.

Il abandonna ses stupides manœuvres et la pressa :

— Peut-on se retrouver ce soir quelque part ?

Elle approcha la bouche de son oreille pour murmurer :

— Je ne sors pas le soir avec les malfaiteurs.

— Bon… approuva-t-il en hochant piteusement la tête.

— Mais tu pourras peut-être me trouver aux Tréteaux ! glissa-t-elle. Je m'amuse parfois à y faire du théâtre !

Les Tréteaux — un foyer des arts de la scène.

— Aux Tréteaux… répéta-t-il sagement — il eut l'impression que la bibliothèque entière s'ouvrait sous ses pieds.

Elle le rattrapa avant qu'il ne dégringole :

— Dis-moi !

— Quoi ?

— Tu es tout le temps aussi maladroit avec les filles ?

— Ouais. Mais, cette fois, je suis en train de me surpasser.

11

Tout avait viré au rouge sur le coup — son front et le blanc de ses yeux.

Même ses pupilles — deux pointes incandescentes.

Les flammes crépitaient mais il était resté sans bouger face au document.

Un document explosif — plus que compromettant.

Il avait fini par le camoufler sous les pans de son blouson ignifugé alors que la moquette du bureau s'embrasait.

— Qu'est-ce que tu foutais ? lui avait demandé Kaneshiro.

Falk n'avait pas répondu — il enfreignait la loi en conservant des images et ne voulait pas mouiller ses collègues.

Il savait le risque qu'il prenait — et ce qu'il encourait.

Il en avait fait abstraction en se concentrant sur le bonhomme et la fille qui gisaient au bas des escaliers.

— Ce gars-là a dû avoir des liens privilégiés

avec un fournisseur pour se procurer une telle quantité de poison… avait-il lâché. Peut-être entretiennent-ils encore des relations…

Kaneshiro avait approuvé :

— Embarquons-le ! On va le travailler pour obtenir des réponses !

— Que fait-on de l'autre bonne femme ? avait questionné Strummer.

La bonne femme entravée sur la terrasse du *Père Goriot* — la délatrice qui braillait en se tordant les poignets pour tenter de se libérer.

— Elle a aussi vu ces images ! avait dit Falk.

Strummer s'était approché d'elle en souriant — et lui avait appliqué la mèche du pyroculis dans les yeux.

Ils avaient collé le bonhomme dans une cellule sans même appeler les urgences médicales pour lui prodiguer des soins.

Ils pensaient pouvoir en tirer quelque chose — un nom, un lieu, une piste quelconque.

Ils se trompaient — le bonhomme leur avait servi une version aussi lisse que le verre de leurs galiscopes.

Il racontait ne jamais avoir fréquenté de trafiquants, ne jamais avoir eu besoin de leurs services, ne jamais avoir acheté la moindre image à un dealer. Il racontait avoir constitué son stock de documents pornographiques tout seul comme un grand bien avant la Révolution. Il racontait avoir seulement eu le tort de les conserver clandestinement depuis leur interdiction.

Rien de plus — malgré les coups.

Les questions étaient toujours les mêmes — les réponses aussi.

Seuls les coups variaient — mais pas tant que ça.

Des coups de poing dans les reins. Un coup de coude lui brisant l'arête nasale. Un coup encore plus brutal concassant cette arête en copeaux. Un coup de pied fracturant son bras gauche. Des coups de matraque lui faisant littéralement gicler plusieurs dents de la bouche.

Il ne pouvait déjà plus répondre quand Falk laissa tomber.

Falk avait un autre souci bien plus préoccupant — juste sous les pans de son blouson.

Il abandonna le bonhomme entre les mains de Strummer et Kaneshiro et se réfugia dans son bureau — seul avec le document.

Une ancienne revue pornographique — de la dynamite.

Une photo lui avait sauté à la figure.

Dans un coin de la couverture — en bas à droite.

Un ventre débordant d'une chemise fleurie, un visage luisant, un cou gras, des yeux porcins.

Douglas — le commissaire principal de la Criminelle.

Moins vieux, moins gros, moins fatigué — mais parfaitement reconnaissable.

Hilare, un cigare à la bouche, entouré de femmes à poil.

La photographie était encore extrêmement nette sous le crâne de Falk — il tira pourtant la revue de son blouson et la reposa sous ses galiscopes.

« Les beaux colis de *Sexpress* » indiquait la légende.

Les filles étaient nues, avec de gros seins, les cuisses ouvertes.

Douglas se tenait à leur côté en compagnie d'un balèze en costard.

Falk se reporta en pages intérieures pour étayer ses soupçons.

Il ne trouva que quelques lignes : « Chuck-the-Truck, déjà bien connu de tous les amateurs de hard, s'est associé à Blake Snake, nouveau venu dans l'univers de la pornographie, pour produire des films X. Les vedettes de *Sexpress*, leur première production, nous dévoilent sans traîner leurs avantages. »

Une ribambelle de photos de cul montraient les filles dans des positions plus ou moins acrobatiques.

Et, en médaillon, la photo de Chuck-the-Truck — le balèze — avec Blake Snake — alias Douglas.

Falk s'adossa à son siège.

La revue était datée — elle avait trente ans.

Falk en avait treize, à cette époque — une époque où il lui était arrivé plusieurs fois de feuilleter des revues de cul pour se branler.

Bien avant la Révolution — bien avant un tas de choses.

Il appela l'administration et demanda à consulter le fichier du personnel.

— À quel sujet ? se préoccupa un secrétaire.

— Au sujet du commissaire Douglas.

— Le commissaire principal de la Brigade criminelle ?

— Exact.

— Pour quelle raison ?

— Lâche le frein ou je vais te faire éternuer du sang ! le pressa Falk. Je veux son dossier sur mon bureau dans moins de deux minutes !

Le fax cliqueta dans les délais et les fiches concernant Douglas apparurent.

Falk les parcourut rapidement — Douglas avait débuté comme simple agent à la Criminelle, il avait obtenu ses premiers galons en alpaguant des trafiquants d'armes, il avait ensuite navigué dans toutes les brigades.

Douglas était dans la police depuis plus de trente ans.

Falk recoupa les dates — et faillit s'étrangler.

L'année correspondant à celle de la revue, Douglas bossait aux Mœurs, c'est-à-dire qu'il coffrait des putes et des maquereaux tout en produisant des films pornographiques sous le nom de Blake Snake.

Aucune mention de Blake Snake dans les fiches — évidemment.

Mais les photos de la revue montraient clairement Douglas.

Des photos comme des charges explosives — mais est-ce que ça suffisait ?

Falk estima que oui — ce serait suffisant.

Il fourra le document dans une chemise cartonnée.

Glissa cette chemise dans une mallette à serrure codée.

Et fit claquer les cercles de ses menottes — un autour de son poignet gauche, l'autre autour de la poignée métallique de la mallette.

— Je peux savoir ce que tu comptes faire ? l'arrêta Kaneshiro.

Il arrivait du sous-sol — l'interrogatoire du bonhomme l'avait visiblement mis à cran.

— Cherche pas, préconisa Falk.

Kaneshiro se passa le revers d'une main sur le front.

Tout un côté de son visage était constellé de gouttes de sang coagulées — le bonhomme avait dû en baver.

— Êtes-vous parvenus à le faire parler ?

— Ce connard n'a rien d'intéressant à nous apprendre ! assena Kaneshiro.

On pouvait lui faire confiance — des caillots de sang recouvraient ses bottes.

— Où est Strummer ? demanda Falk.

— Il nettoie sa matraque.

Les mains de Kaneshiro en tremblaient encore.

Falk empoigna la mallette et sortit du bureau.

— Peux-tu me dire ce que contient ce truc-là ? le poursuivit Kaneshiro.

— Cherche pas, répéta Falk.

— Est-ce que tu comptes mener ta barque en solo ?

— Je compte seulement ne pas faire prendre de risques injustifiés à mon équipe.

— Es-tu en train de me dire que tu fais une énorme connerie ?

— Peut-être, reconnut Falk.

Il se ravisa au milieu du couloir.

— Je vais voir le ministre de la Sécurité... confia-t-il finalement.

Mais Kaneshiro avait compris :

— Il y a une photographie dans cette mallette ?

— Une preuve que le commissaire Douglas a trempé dans la pornographie.

— En aucune façon une image ne peut servir de preuve ! sermonna Kaneshiro.

Falk hocha la tête et exposa calmement :

— Le dernier groupe de terroristes à liquider est celui de Fuji. On le cherche depuis des années mais on ne parvient jamais à lui mettre la main dessus. Qu'est-ce que ça signifie ?

Kaneshiro connaissait sa théorie :

— Fuji bénéficie de complicité dans la police...

— De complicité haut placée ! avança Falk.

— Douglas ?

— Je le soupçonne fortement.

— Des soupçons et des suppositions ne suffisent pas... contesta Kaneshiro.

Falk désigna la mallette :

— Le moyen de le mettre à terre est là-dedans.

— Une image ne servira pas ta cause !

— C'est un risque à prendre... trancha Falk.

12

Des corps se disloquaient. Des danseurs effectuaient des assouplissements. Des clowns jonglaient avec des sécateurs et une comédienne en retard enfilait son costume.

Les Tréteaux débordaient de mouvements — et de couleurs.

Kao consulta sa montre.

Immobile dans un coin de la salle entre deux rangées de fauteuils inoccupés — il surveillait les allées et venues des uns et des autres.

Elle ne viendrait pas ce soir.

Il reporta ses yeux sur la scène — les clowns qui se balançaient tout à l'heure des sécateurs jouaient désormais avec un cerceau.

« Le cinéma substituait à notre regard un monde qui s'accordait à nos désirs » lui disait parfois sa mère avec nostalgie — est-ce que le cinéma serait parvenu à substituer Emma à ces clowns ?

Des mots plus graves résonnèrent dans sa tête.

Les mots que sa mère répétait comme un reproche — « Le peuple des salles obscures brûlait de l'imaginaire pour réchauffer du réel ».

Puis une plainte — « Mais le réel s'est vengé. Avec de vraies larmes et du vrai sang ».

Kao se laissa subitement gagner par la peur.

Il quitta les Tréteaux et descendit l'avenue Williams jusqu'à la rue Xingjian.

Les mots de sa mère le poursuivaient — un vacarme.

Il longea les allées Calvino et prit la rue Brautigan pour rejoindre Badwords.

Les mots étaient toujours là — « Un monde qui s'accordait à nos désirs... », « Le peuple des salles obscures brûlait de l'imaginaire... », « Le réel s'est vengé... ».

Il ne voulait pas rentrer chez lui avec ça.

Il traversa la place des Légendes et se réfugia dans un café — *La Divine Comédie*.

« Avec de vraies larmes et du vrai sang » — calme-toi, oublie ça, laisse tomber.

Il se cramponna au comptoir et commanda un verre d'eau.

Rien ne se dissipa.

Il tenta de disperser les échos en secouant la tête.

Rien à faire

Si — il pensa à Emma.

Une main sur son épaule :

— Salut !

Il reconnut le timbre de cette voix — Chen.

Chen — un de ses rares clients réguliers.

Pas un amateur — un gros consommateur de documents. Du genre accro — et Kao le fournissait en photographies bien spécifiques.

— Salut Chen… Qu'est-ce que tu fous là ?

Chen ne fréquentait ordinairement que *Le Rouge et le Noir* — un bar de la rue des Romantiques.

Kao le retrouvait toujours là-bas quand il avait de quoi le satisfaire — des images dégoulinant de rouge.

Chen avait vingt et un ans et racontait être né le jour même de la Révolution.

— Je te cherchais ! claironna-t-il.

— J'ai rien pour toi ! le freina aussitôt Kao. J'ai dû bouffer ma marchandise hier soir pour éviter de me faire coincer ! Et tu me dois déjà trois cents sacs !

Chen balaya cette salve en réclamant une tasse de saké.

— C'est moi qui ai quelque chose pour toi ! indiqua-t-il.

— Trois cents sacs ?

— Non… Mieux que ça !

Il sortit un paquet de cigarettes de ses poches.

En alluma une.

Tendit le paquet à Kao.

Ce dernier ne fumait pas mais il comprit que ce paquet contenait autre chose que des cigarettes alors il le glissa dans son propre blouson — une combine aussi discrète que Gargantua.

— Qu'est-ce que c'est ?

« Il y a peut-être à l'intérieur de ce paquet de clopes un truc capable de déclencher le chaos sur Rush Island ! » aurait pu lui répondre Chen.

Mais il engloutit son verre et le fit claquer sur le comptoir.

Décompresser. Relâcher les soupapes et laisser filer. Laisser la peur sombrer dans les eaux tumultueuses du saké.

Chen se trimbalait avec ça depuis la fin de l'après-midi.

Il avait ratissé Badwords pour mettre la main sur Kao — son fournisseur.

Kao saurait peut-être gérer ça — Kao avait forcément des liens avec le réseau des trafiquants.

— Qu'est-ce que c'est ? redemanda ce dernier.

Chen ne répondit pas.

Il attendait que les rats qui lui rongeaient les nerfs se fassent la malle.

Les rats — son boulot.

Chen était agent de dératisation — il pulvérisait du poison dans les endroits investis par les rongeurs.

Il ne les craignait pas.

Sauf que — cet après-midi.

Une intervention dans le quartier de Sentence.

Pas chez un commerçant — chez un particulier.

Chen se gare sur le trottoir.

Il sonne à la porte.

Une vieille femme échevelée au visage cerné et apeuré lui ouvre.

— Mme Yang ?

La vieille femme hoche la tête pour confirmer.

— Entreprise Ratsignac ! lui annonce-t-il.

Mme Yang reste en travers de son palier et attend.

Chen lui montre son pulvérisateur :

— Vous avez appelé pour vous plaindre des rats !

Elle se met à gesticuler — elle tremble de tous ses membres et se tord les mains en faisant rouler ses yeux à tout-va.

Il regarde par-dessus ses épaules — le vestibule de sa maison brille comme une voiture neuve.

— Où sont ces sales bêtes ? lui demande-t-il — sans arriver à imaginer un rat ni même une souris dans une demeure aussi feutrée.

Elle recule pour le laisser entrer et pointe un index droit vers le plafond.

— Suivez-moi…

Ils traversent une salle à manger, une cuisine, empruntent un escalier qui monte à une bibliothèque, tout est nickel, tout sent le propre, tout semble fraîchement ciré.

Elle lui désigne un autre escalier — au fond de la bibliothèque.

— Ils sont là-haut ! geint-elle.

— Au grenier ?

Elle se met à claquer fébrilement des dents et sa tête dodeline involontairement et ses yeux tourbillonnent.

Chen s'inquiète — elle est probablement cinglée.

— C'est étonnant ! dit-il pour tenter de la rassurer. On n'intervient jamais dans ce secteur ! Les rats nichent plus volontiers dans le quartier industriel !

— Ils sont en haut… écume la vieille femme de plus en plus paniquée. Ils descendent la nuit… Ils se ruent sur mon lit… Ils me griffent les joues…

Aucun doute — elle est cinglée.

— Restez là, lui conseille-t-il. Je vais monter…

Elle reste là — agitant les mains comme une possédée au pied des marches.

Et il monte — seul.

— Ils dansent et forniquent sur mon oreiller… poursuit-elle. Ils déchirent mes draps…

L'escalier est en bois et en colimaçon et il est étroit et presque toutes ses marches craquent.

— Ils me montrent leurs dents… Ils se moquent de moi… Ils se tapent sur le ventre avant de me dévorer les yeux…

En haut — l'obscurité.

Chen tâtonne et trouve un interrupteur — hors service.

La lumière du jour dessine un rectangle sur un mur — les contours d'une lucarne.

Il se dirige dessus en buttant contre des planches et en renversant des objets non identifiables et il se cogne le crâne contre une poutre et des araignées lui effleurent le cou et leurs toiles lui voilent tout le visage alors il se précipite en tendant les mains en avant et il atteint la lucarne et il écarte le rideau de papier qui en masque la fenêtre et le soleil éclabousse enfin le grenier.

En pleine lumière — le ballet aérien des monceaux de poussière qu'il vient de soulever et des araignées en pagaille.

Le grenier est en contradiction totale avec le reste de la maison — il est sale et empeste le renfermé.

Mais aucune trace de rats.

— Vous les voyez ? interroge la vieille folle depuis l'étage en dessous.

Chen inspecte les lieux sans s'attarder — il connaît son boulot et rien n'indique ici la présence d'un quelconque rongeur.

— Regardez bien ! hurle la vieille. Ils galopent sous les bâches qui recouvrent les étagères ! Je les entends !

Là — ce fut là.

Précaution ou simple curiosité — mais ce fut là.

Chen se dirige vers les bâches et les écarte et en soulève une suffisamment haut pour dévoiler les ombres inertes qu'elle camoufle.

Des piles de boîtes sont rangées là — de grandes boîtes rondes et métalliques toutes identiques.

Chen reste suspendu aux bâches — un mot lui arrondit les yeux.

Un mot figurant sur la tranche de plusieurs boîtes — *Film Office*, *Film Export*, *Argos Film*...

Chen n'a jamais vu de boîtes comme celles-là et il n'a jamais su sous quelle forme se présentait un film.

Il ignorait que les films pouvaient entrer dans ces boîtes rondes.

Mais là — il le devine instantanément.

Et il en lâche son pulvérisateur.

Des boîtes de films.

Il touche leur métal froid.

Il pose une main à plat au sommet d'une pile.

Il fait glisser une boîte pour la soupeser — elle est pleine.

— Vous les voyez ?

La voix de la vieille femme — en bas.

Il formule une réponse à peine audible :

— Oui… Ils sont là…

Des tas de boîtes sont là — des boîtes de films.

Des tas — peut-être une centaine.

Il dévisse le couvercle de l'une d'entre elles — au hasard.

Ses mains glissent, il transpire, un de ses ongles se tord contre le métal.

Il ne voit presque plus rien, son corps masque la lumière provenant de la lucarne, mais il sent le métal tourner contre le métal, il sent le couvercle céder, il sent du fil de fer barbelé au creux de son estomac.

Pourtant — aucune image.

Il distingue juste une énorme bobine — une bobine de ruban.

— Merde ! Qu'est-ce que…

Il déroule un morceau de ce ruban.

Le dirige vers la lumière.

Et voit.

Il redescend — encore plus effrayé que la vieille.

La vieille femme — Mme Yang.

Ne pas oublier son nom — ne pas oublier son adresse.

— Vous les avez vus ? le presse-t-elle.

— Je les ai vus… lui confirme Chen.

— Ils vous ont mordu ?

Il s'est entaillé un doigt en essayant de découper un bout de film — il a dû y aller avec les dents pour y parvenir.

Un bout de film — si un film est un ruban translucide sur lequel sont imprimées de minuscules photographies.

Six ou sept centimètres de film — un fragment de trois images.

— En aviez-vous déjà vu autant ? glapit Mme Yang.

Il a camouflé le fragment de film dans son paquet de clopes.

Il en allume une — pour se reprendre.

— Ne vous inquiétez pas… dit-il. J'ai arrosé leur tanière… Ils ne vous embêteront plus…

Après ça — une frousse démente.

À tourner en rond — au volant de sa voiture.

À claquer des dents en cogitant — sans oser réexaminer sa découverte.

Sans en connaître exactement la nature — encore moins la valeur.

Puis à explorer Badwords à la recherche de Kao.

Kao — au comptoir de *La Divine Comédie*.

Chen ingurgita un nouveau verre de saké et la peur qui lui colonisait les nerfs reflua.

Kao avait empoché son paquet de clopes en ne sachant rien de tout ça.

— C'est pas le fric que je te dois mais ça devrait t'intéresser ! lui précisa Chen.

— Arrête ton cirque et dis-moi plutôt ce que tu veux ! exigea Kao.

Chen soupesa ses chances avant de lâcher :

— Rien pour le moment.

— Tu te fous de moi ?

— Non.

— Ton paquet de clopes est vide ou je ne comprends pas ?

— Il y a quelque chose dans ce paquet de clopes, lui garantit Chen.

— Alors où est le problème ?

— Le problème est que je ne sais pas précisément de quoi il s'agit. Je crois avoir mis la main sur un truc hallucinant… Mais je ne suis sûr de rien.

— Un truc de quel genre ? se méfia Kao.

— Du genre à mobiliser tous les najas ! Si c'est bien ce que je pense…

— Tu as besoin de moi pour le savoir ?

— Oui.

— C'est tout ?

— Tout dépend de la valeur de ce truc-là. Il y en a juste un échantillon dans mon paquet de clopes mais je sais où il y en a des montagnes… Et je parie que tu voudras savoir où sont ces montagnes !

Kao sourit — « On y arrive ! ».

— Il va falloir que tu me procures un sacré paquet de « pages » en échange de cette adresse ! le prévint Chen. Tu sais à quoi je marche ?

— « Toujours dans le rouge… » récita Kao.

— Toujours dans le rouge ! approuva Chen.

— « Sans cesse dans le sang… »

— Sans cesse dans le sang ! confirma Chen. Et tu sais où me trouver !

13

Le Palais impérial se dressait comme un immense livre sur la place Mishima — au cœur du quartier Majuscule.

Falk entra sans laissez-passer.

Sans aucun doute — sans aucune certitude non plus.

— Je dois m'entretenir avec le ministre de la Sécurité ! annonça-t-il — comptant sur son écusson et ses galiscopes pour faire impression.

Un vigile décrocha un interphone :

— Je vais avertir le...

— Inutile !

Falk ne venait ici que deux fois par an — pour la traditionnelle cérémonie des vœux et la fête de la Révolution — mais il avait la mémoire des lieux.

Là — le secrétariat de l'Impératrice.

Là — les différents services administratifs.

Là — le long couloir menant aux ministères.

— Qui vous a permis ?

Une demi-douzaine de vigiles — tous taillés comme Strummer et armés de matraques électriques de 12 000 volts.

Falk recula — il connaissait la force de ces matraques.

— Il est impensable de pénétrer dans cette enceinte comme vous venez de le faire ! brama le chef de la meute — un type minuscule avec une voix aigre.

Ulysse — le responsable de la garde du Palais.

— Je dois voir Lynch... plaida Falk.

Le nabot dut se hisser sur la pointe des pieds pour déchiffrer sa plaque :

— Le ministre de la Sécurité ne reçoit que sur rendez-vous !

Falk mit alors toute prudence de côté.

Il agita sa mallette sous le nez du nabot devant toutes les matraques :

— C'est urgent !

— C'est certainement urgent... admit Ulysse — mais il fit glisser ses pieds sur le sol tout en projetant une main dans la mallette de Falk et, par un enchaînement fulgurant, l'immobilisa contre le mur.

Traduction — Ulysse était un nabot qui maîtrisait parfaitement le kung-fu.

— Il va tout de même falloir attendre ! imposa-t-il. Tous les ministres sont actuellement en réunion avec l'Impératrice dans la salle du Conseil.

— Je vais attendre... déglutit Falk.

Et il attendit — en présence des vigiles.

Concentré sur sa mallette — intacte.

Sur la raison de sa visite — le contenu de cette mallette.

Il retourna le problème dans tous les sens — il ignorait comment ça allait réellement tourner.

Deux balèzes ricanaient.

— Qu'est-ce qui vous fait marrer ? fulmina-t-il.

Ils ne répondirent pas — il était évident qu'ils se foutaient de sa gueule suite à la leçon que venait de lui donner Ulysse.

Un des deux fumait une cigarette.

Falk abandonna ses réflexions pour leur faire son petit numéro.

Il tira la cigarette du bec du fumeur et l'écrasa dans le creux de sa main droite, pressant son bout rougeoyant sur sa cicatrice insensible, tordant et aplatissant le mégot comme au fond d'un cendrier, semant d'infimes braises qui lui cuisirent les jointures des doigts, soulevant une odeur de chair brûlée, grimaçant à peine mais suffisamment pour tromper son entourage.

Tous les vigiles faillirent en tomber le cul par terre — mais ils restèrent muets.

Falk ricana à son tour.

Soudain — les ministres sortirent de la salle du Conseil et la présence des vigiles les surprit.

— Que se passe-t-il ? s'alarmèrent les plus inquiets.

— Il y a là un capitaine de la Brigade de l'Œil qui désire voir le ministre de la Sécurité ! leur annonça Ulysse.

— De quel droit ?

— Je crois que certaines situations exigent de pouvoir outrepasser certaines règles ! trancha sèchement Falk.

Il serra la poignée de sa mallette et orienta ses galiscopes vers la salle du Conseil — la vaste chevelure brune de l'impératrice Harmony tournoyait devant un tableau blanc couvert de notes.

— Quelle est cette épouvantable odeur ? renifla Doyle — ministre de l'Éducation.

— Ce mec vient d'écraser une cigarette à l'intérieur de sa main ! dénonça un vigile.

Les murmures cessèrent.

— Pardon ?

— Il a écrasé une cigarette dans la paume de sa main droite ! confirma Ulysse.

— Et vous laissez un cinglé pareil approcher ?

Le ministre qui avait exprimé ce reproche fendit le rang des vigiles.

Lynch — ministre de la Sécurité.

— Capitaine Falk ? s'étonna-t-il en se retrouvant nez à nez avec lui.

Falk le salua — au garde-à-vous.

— Le capitaine Falk est un des meilleurs éléments de la Brigade de l'Œil ! apprit le ministre à ses collègues.

— Ça en dit long sur le niveau de cette Brigade… se moqua Ulysse.

— Vous avez fait connaissance ? demanda Lynch.

— Ce connard m'a fait une petite démonstration de kung-fu… répondit Falk.

— Ne soyez pas grossier ! tonna une voix grave.

L'impératrice Harmony.

Ses larges yeux noirs — étirés vers ses tempes par des lignes de khôl. Ses longs cheveux bruns ornés de pointes métalliques — l'extrémité de chacune de ses mèches était fichée dans un fuseau d'argent. Ses fluides voiles blancs — elle portait des tissus drapés dont les lamelles claquaient au moindre de ses mouvements.

Les ministres se dispersèrent — sa beauté les effarouchait.

Seul Lynch resta là — entre Falk et les vigiles.

— Je vous présente le capitaine Falk ! annonça-t-il à l'Impératrice. Il n'a pas la langue dans sa poche mais c'est le plus fin limier de la Brigade de l'Œil !

— Je me souviens de lui, déclara-t-elle posément. J'ai plusieurs fois eu l'occasion de le féliciter pour son travail.

L'Impératrice passait chaque année les troupes de toutes les brigades en revue et s'entretenait avec certains de leurs membres — elle avait déjà rencontré Falk.

Elle se tourna vers lui :

— Quatre-vingt-cinq arrestations à votre actif l'année dernière ! Est-ce que je me trompe ?

Sa mémoire le stupéfia — lui-même avait oublié ce chiffre.

— Je ne sais pas.

Elle le considéra avec curiosité — lui et la mallette menottée à son poignet gauche.

Avec curiosité — ou avec attention.

— Le ministre de la Sécurité avançait tout à l'heure que votre brigade était sur le point de mettre un terme définitif à la circulation frauduleuse des images ! rapporta-t-elle.

— La guerre contre les images appartiendra

bientôt au passé ! confirma Lynch. Comme je le disais pendant le Conseil…

— Pas tant que Fuji est encore en activité, le refroidit Falk. Ce terroriste alimente toujours le trafic clandestin de documents interdits !

— Ça devrait se régler rapidement… prétendit le ministre.

Falk ne le contredit pas.

L'Impératrice effleura la chaîne qui reliait son poignet à la mallette :

— Capitaine Falk.

— Oui.

— Que venez-vous faire ici ?

Il respira — nous y voilà !

— J'ai découvert quelque chose dont je veux informer le ministre.

Il avait appuyé sur « le ministre ».

Elle comprit — « C'est urgent. C'est grave. C'est confidentiel. »

— Pourquoi ne pas m'en faire profiter ?

Falk ne trouva rien de solide à lui opposer.

Il cadra Lynch dans ses galiscopes — « Ne lui cache rien ! » semblait lui signifier ce dernier.

— Venez dans mon bureau ! commanda l'Impératrice.

Les pans de ses voiles se soulevèrent en cinglant comme des lanières de fouet — découvrant ses jambes à chacun de ses pas.

Falk la suivit à distance — on racontait que les pointes d'argent au bout de ses cheveux pouvaient vous cribler de trous si elle secouait trop vivement la tête.

— Évite de provoquer Ulysse ! lui glissa Lynch pendant le trajet.

— Je m'entends plutôt bien avec lui… ironisa Falk.

— Je l'ai déjà vu mettre trois de ses hommes à terre alors qu'ils étaient armés de matraques ! lui jeta le ministre. Ne crois pas que ton petit numéro avec la cigarette l'ait impressionné…

— D'autant plus que je pourrais lui révéler votre fumisterie ! ajouta l'Impératrice. Vous m'avez un jour raconté ce qui était arrivé à votre main droite…

Elle ouvrit les portes d'une pièce aussi vaste que le hall du commissariat central — le bureau de l'impératrice Harmony, les murs entièrement couverts de livres, sauf à l'emplacement des fenêtres.

— Le jour du grand ensevelissement ! lui précisa-t-elle.

Vingt ans en arrière — le jour où elle avait accompagné la brigade sur la colline Danang. Et elle se souvenait de ça.

— Une balle de calibre 45 vous est entrée dans la main droite, alors que vous interveniez sur un braquage, du temps où vous pointiez à la Brigade criminelle.

Falk tangua — troublé par la précision des souvenirs de l'Impératrice à son sujet.

Elle rit — un rire cristallin qui contrastait avec sa voix grave.

— Vous avez ensuite intégré la Brigade de l'Œil avec votre collègue… Le clown qui déclenche toutes les alarmes dès qu'il passe sous un portique détecteur de métaux.

Il en eut le souffle coupé — elle se souvenait aussi de ça.

— Kaneshiro… dit-il. Il a reçu des éclats de tôle dans le crâne au cours de la même intervention et le médecin qui lui a recousu le cuir chevelu en a oublié quelques-uns dans la partie occipitale.

— Vous faites toujours équipe avec lui, poursuivit-elle. Et…

Elle s'arrêta.

Lynch croisa les bras.

Elle leva le menton vers Falk — dévoilant la blancheur de sa gorge.

Et lâcha :

— Vous n'êtes certainement pas venu jusqu'ici pour m'entendre parler de vous ?

« Pa-poum ! Pa-poum ! » en surmultiplié — le cœur de Falk.

Il respira.

Il tenta de maîtriser son pouls.

Il ouvrit la mallette et en retira la chemise cartonnée :

— Il y a là-dedans une revue pornographique. Je l'ai saisie cet après-midi dans une agence de…

Très rapide — le débit de Falk.

Immédiate — la fureur de l'Impératrice.

— De quel droit avez-vous conservé ce document ?

Sa voix grave comme une chute de pierres du haut des falaises de la côte.

Lynch en sueur.

Falk en mauvaise posture — en équilibre sur le fil de la culpabilité.

— Je sais pertinemment que j'ai enfreint la loi en ne le brûlant pas aussitôt. Mais j'ai jugé que c'était un cas de force majeure.

Aucun argument valable dans sa défense.

Sa phrase suivante se perdit dans un murmure :

— J'estimais qu'il était de mon devoir de...

— Pour quelle raison ? le coupa le ministre.

— Pour vous montrer une page qui...

— Croyez-vous que j'ignore ce qu'est la pornographie ? l'interrompit l'Impératrice dans un hurlement. C'est le premier fléau contre lequel j'ai pris des mesures ! Il est inutile de me montrer ces images répugnantes !

Sa voix désormais comme la foudre.

Falk encaissa.

Se racla la gorge.

Et insista :

— Celles-ci sont pourtant particulières.

— Vous les avez donc consultées ?

Une irrépressible colère — dans les yeux de l'Impératrice.

— Je ne me suis pas permis cette indiscrétion ! lui garantit Falk. Mais je travaille forcément les yeux ouverts... Et la couverture de ce document m'a sauté à la figure !

— Pourquoi ? cria-t-elle.

Il lui tendit la chemise cartonnée.

Elle refusa de la toucher.

Elle recula et balaya d'un vif mouvement de la main les immenses mèches derrière lesquelles sa fureur avait emprisonné son visage — toutes les pointes en argent de sa chevelure scintillèrent.

Lynch sursauta.

— Dites-le-moi ! ordonna-t-elle.

Falk chercha les mots et les formula mais aucun son ne sortit de sa bouche.

Rien — juste ses dents qui crissèrent.

— Dites-le-moi !

Lynch contemplait les lames du plancher — confus.

Falk résuma dans un murmure :

— Il y a dessus l'actuel commissaire principal de la Brigade criminelle. Le commissaire Douglas. Cette revue le désigne clairement comme un producteur de films pornographiques.

L'impératrice Harmony ne bougeait plus — juste ses cheveux qui se balançaient.

— Ôtez vos galiscopes et redites-moi ça !

Il obéit — il ne quittait jamais ses galiscopes mais il obéit.

Il les dévissa de ses orbites et releva ses yeux nus vers l'Impératrice pour affirmer enfin sereinement :

— La revue qui est à l'intérieur de cette chemise a trente ans. Le commissaire Douglas, qui comptait déjà parmi les effectifs de la police, y apparaît comme un producteur de films pornographiques.

Rien ne trahissait le moindre doute dans ses yeux.

Elle plissa les siens pour aboyer :

— Vous faites confiance à une image ?

Falk resta de marbre.

— Les images constituaient un intraitable et inexorable poison ! martela-t-elle. Un poison qui contrôlait tout. Les informations, les émotions, les échanges. Un poison qui submergeait et ravageait l'essence même de l'humanité. De l'humanité et de son histoire !

Elle termina avec emphase :

— L'écriture nous a permis de quitter la préhistoire pour entrer dans l'histoire. Les images allaient nous faire perdre l'écriture. Les images allaient nous faire quitter l'histoire pour nous propulser dans une ère inconnue. Inconnue et incontrôlable.

Falk savait tout ça.

Il approuva — en accord avec elle sur toute la ligne.

Elle inclina brusquement la tête et toutes les pointes en argent qui cernaient ses mèches se soulevèrent et lacérèrent l'espace en fusant comme des flèches et quatre d'entre elles se plantèrent dans la chemise qu'il tenait toujours à la main.

— Brûlez ça immédiatement !

Il empoigna son chalumeau et arrosa le carton de vives flammes bleutées et il se tint silencieux, en compagnie de l'Impératrice et du ministre, à observer ces flammes dévorer la matière, passant du bleu à l'orangé, dispersant de sinueux serpents de fumée au milieu du bureau.

Une de ses paupières tressautait.

— Comment est-il parvenu à passer inaperçu ? s'interrogea l'Impératrice.

Lynch consulta les archives de sa mémoire pour plaider :

— Douglas a partagé les rangs de la Brigade de

l'Œil lors de sa création. Il en a peut-être profité pour faire le ménage autour lui.

À coup sûr — les exécutions sommaires étaient monnaie courante à l'époque du grand nettoyage.

L'Impératrice suivit l'évolution des dernières fumerolles.

— Tuez-le ! finit-elle par décider — car, dans les affaires de ce genre, le moindre doute condamnait le suspect.

Falk remit soigneusement ses galiscopes en place.

— Fais-le exécuter… lui conseilla Lynch.

— Je vais m'en charger moi-même ! assura Falk.

Il ne jugea pas opportun d'exposer ses soupçons supplémentaires sur Douglas — il le travaillerait avant de le liquider pour lui faire avouer ses liens avec Fuji.

— Capitaine Falk ! l'interpella alors l'Impératrice.

Elle avança vers lui — étrange créature auréolée de voiles.

Derrière ces voiles — un masque de fureur.

— Vous avez commis une faute ! lui rappela-t-elle. Vos états de service tendent à démontrer que vous êtes brillant et chevronné mais vous avez commis une faute impardonnable !

Derrière ce masque — un vacillement.

14

Les grilles du cimetière étaient fermées mais il passa par-dessus.

Pas un bruit — juste le crissement des graviers sous les pas de sa course.

Pas une âme — juste des chats dont les silhouettes se figèrent.

Kao tâta dans la poche de son blouson et eut l'effroyable sentiment de pouvoir réveiller les morts.

Le contenu de ce paquet allait sûrement en déterrer quelques-uns.

Kao avait tout imaginé — sauf ça.

Il avait examiné la nature de la marchandise en quittant le comptoir de *La Divine Comédie.*

Explorant du bout des doigts l'intérieur du paquet de clopes de Chen — furtivement. Le contact avec un fragment de ruban lisse — presque froid. Puis soudain brûlant — le contact avec les perforations.

Une secousse.

Un morceau de bande souple en matière plastique perforée des deux côtés — il avait aussitôt su de quoi il s'agissait.

Avalanches de suées et palpitations en cascade.

Il avait eu du mal à se contenir.

Et il n'avait pas attendu — il avait déballé le truc à l'arrière du tramway qui le ramenait chez lui.

Il s'était isolé dans un coin et avait sorti le bout de pellicule du paquet et avait tenté de voir ce qu'il y avait dessus mais il n'avait rien pu distinguer à l'ombre des sièges alors il avait trépigné tout le restant du trajet.

Il était descendu de la rame en bousculant une petite fille et avait couru et avait grimpé les six étages jusque chez lui et s'était précipité à l'intérieur de sa chambre sans embrasser sa mère et avait verrouillé sa porte et tiré tous ses volets et avait allumé sa puissante lampe halogène et il avait respiré profondément et longuement avant de tendre le fragment de film vers le plafond.

Trois images et demie. En noir et blanc. Identiques.

Deux personnages. Un homme et une femme. De dos. Se tenant la main. Sur une route. Peut-être en train de marcher.

La moitié inférieure de la quatrième image avait été déchirée — privant les deux personnages de leurs jambes.

Un minuscule morceau de film — à peine sept centimètres de long.

La route fuyait au loin vers des montagnes et l'homme et la femme debout au milieu de cette route semblaient se diriger vers là-bas.

Kao était resté rivé devant pendant presque une heure — sans rien voir de plus.

Étrange pénitent s'écorchant les yeux devant une divinité inconnue.

Une crampe dans l'épaule avait fini par lui faire baisser le bras.

Il avait cependant gardé les yeux au plafond.

Abasourdi. Ne sachant plus que faire.

Envisageant seulement d'aller se passer la tête sous l'eau froide.

Restant toutefois sans bouger, prenant pleinement conscience de ce qu'il avait dans la main, ayant du mal à en mesurer véritablement l'importance.

Cherchant enfin des mots, une phrase, une déclaration à faire, pour marquer cet instant solennel, peut-être historique, même si personne d'autre que lui-même n'y assistait.

Il aurait pu se montrer grandiloquent en brandissant le film comme un putain de joyau et en reprenant les mots de sa mère — « Voilà ce que le peuple des salles obscures brûlait pour réchauffer du réel ! ».

Mais il avait simplement dit :

— Voilà ce que mon grand-père manipulait chaque jour dans sa cabine…

Il avait fait glisser le morceau de pellicule entre ses doigts et avait fermé les yeux pour éviter de le regarder plus longtemps.

Puis il était brutalement tombé à genoux, comme si un coup de sarcle lui avait cassé les jambes, ses rotules avaient fait craquer le plancher et le choc s'était répercuté dans sa nuque et lui avait entrouvert les paupières et des larmes avaient profité de cette brèche pour se mettre à déferler.

Il avait songé à partager ça avec sa mère.

Elle aurait peut-être compris — mais il s'était endormi par terre sans le faire.

Réveil en trombe sous la lumière crue de la lampe halogène qu'il avait laissée allumée.

Les yeux chassieux et les joues gercées par les traces de ses larmes.

Cap sur le cimetière Haïku.

Les tombes.

Le gravier sous ses pieds.

La cabane inerte au bout de la grande allée.

Il faisait nuit et Holden devait être en train de dormir.

Kao secoua la porte.

— Qui est-ce ?

Holden ne dormait pas — il avait entendu le crissement des graviers.

— Tu parles d'un aveugle… ironisa Kao. Comment parviens-tu à me reconnaître le jour et pas la nuit ?

— Encore toi ? s'étonna Holden.

La porte pivota.

— Qu'est-ce que tu viens foutre ici à une heure pareille, petit con ? Je t'ai dit hier que Fuji ne voulait plus voir les amateurs de ton espèce traîner dans le coin et…

Il dut saisir les silencieux battements qui étrillaient l'air car il s'arrêta — les émotions de Kao étaient palpables.

— Entre !

La pièce était plongée dans le noir complet.

Kao avança à tâtons et butta dans un tabouret.

— Assois-toi ! lui proposa Holden.

Bruit de vaisselle — dans un coin.

— Tu veux du café ?

— Je veux bien.

Une allumette craqua et des flammes bleues surgirent sous une casserole.

Kao put entrevoir le désordre qui encombrait les lieux — le lit défait, l'établi chargé d'outils, une pile de seaux vides, des malles un peu partout, une serviette de toilette et des bottes pendues à un fil, un fauteuil à bascule, une pelle et un râteau contre une commode, une collection de bilboquets sur une étagère.

Holden se déplaçait au milieu de tout ça avec une aisance surprenante.

Il attrapa deux tasses sur la pile de son évier.

Les posa sur la table.

Attendit.

Kao tira le fragment de pellicule de sa poche et le caressa discrètement et l'orienta vers les flammes du réchaud pour en éclairer les images et voir une nouvelle fois ces deux personnages sur cette route.

Deux silhouettes à peine visibles devant le bleu des flammes — il les fixa jusqu'à en avoir mal aux yeux.

— Qu'est-ce qui se passe ? lui demanda enfin Holden.

Kao effleura les images du bout des doigts.

Puis reporta son attention sur l'étagère dans le fond de la cabane.

— À quoi te servent tous ces bilboquets ? ricana-t-il.

Le vieil homme traversa vivement la pièce pour en saisir un.

Il désolidarisa la boule de son socle. Il effectua un preste mouvement du bras. Il remboîta les deux parties du premier coup.

Un lancer et un seul.

— Tu pourras rire tant que tu voudras quand tu parviendras à en faire autant !

Il remit le jeu à sa place.

— Mais tu n'es pas venu ici pour ça…

Il éteignit le gaz.

Servit le café.

Et exigea :

— Dis-moi ce qui se passe !

Kao lui mit le morceau de film dans une main.

— Bon sang ! s'exclama le vieil aveugle.

Il fut contraint de se retenir à la table pour ne pas tomber.

Sa respiration était passée en mode ultra-ventilation.

Il se redressa et attrapa sa canne de bambou près de la porte et la planta dans le sol pour se maintenir debout et entreprit d'examiner la pellicule en faisant minutieusement glisser le bout de ses doigts dessus.

— Est-ce un…

— Oui ! lui dit Kao. Et il y a des images dessus ! Trois images entières !

— Bon sang ! Où as-tu trouvé cet…

— Un mec qui me doit du fric m'a refilé ça dans

la soirée. Il n'était pas sûr de savoir de quoi il s'agissait vraiment. Il supposait toutefois avoir mis la main sur un truc hallucinant.

— Un truc hallucinant ? s'emballa Holden.

— Ce sont ses propres mots.

— Bon sang !

— Il m'a dit que ce morceau était juste un échantillon et qu'il savait où il y en avait des montagnes !

— Est-ce que...

— Je ne sais pas ! répondit Kao sans le laisser finir.

— Quoi ?

— Je ne sais pas où il a déterré ça. Je ne sais même pas s'il faut prendre ce qu'il raconte au sérieux. Ce mec est un de mes clients les plus fidèles mais je ne sais rien de lui. Je sais seulement qu'il...

Il s'interrompit — ce qu'il allait révéler collait si bien à la thèse du Diaphragme qu'il préféra se taire pour ne pas attiser de faux espoirs.

Holden continuait de tripoter le film :

— Tu sais seulement quoi ?

Kao se brûla les lèvres contre sa tasse.

Il avala une gorgée de café et avertit :

— Il faudra de toute façon vérifier tout ça.

— Tu allais dire autre chose ! reprit Holden.

— Un détail...

— Le moindre détail peut être capital !

— Il est dératiseur... lâcha Kao.

— Quoi ?

— Le mec qui m'a filé ce morceau de film est

dératiseur. Son boulot le conduit un peu partout dans les caves et les sous-sols de Taïpen.

— Bon sang !

Les lumières de la ville firent vaciller les traits du vieil aveugle alors que ses orbites vides semblaient engloutir la nuit.

15

Le chantier de la Nouvelle Faculté ressemblait la nuit à un terrain lunaire — désert et parsemé de cratères.

Le van heurta un tas de pierres en slalomant entre les tranchées.

Falk au volant — sans son équipe.

Douglas à l'arrière — le visage sanguinolent déformé par les stigmates de la peur et par les coups.

— Blake Snake... avait commencé par lâcher Falk en déboulant dans le bureau du vieux commissaire.

Ce dernier avait mollement souri — presque pas surpris.

— Tu as l'intention de me délivrer du mal? avait-il demandé.

Falk lui avait répondu à sa façon — lui fracturant deux côtes d'un seul coup de botte.

— Dis-moi seulement où se cache Fuji!

— Les filles t'ont plu? avait ricané Douglas. Il me reste quelques films où on les voit faire des trucs dingues...

Sa lèvre inférieure s'était déchirée — sous la crosse de Falk.

— Tu veux en voir un ? avait insisté le commissaire principal. Il y en a un qui a été tourné dans les cellules de ce…

Falk avait alors lâché la bride à sa fureur.

Sans illusions — il savait que Douglas ne lui dirait rien de plus.

À peine des gémissements et des sanglots.

Douglas ronflait maintenant — des caillots de sang lui obstruaient le nez.

Sa tête percutait la portière chaque fois que les roues du véhicule franchissaient une ornière mais il ignorait la douleur — il avait fini par perdre connaissance.

« Tuez-le ! » avait ordonné l'Impératrice.

Falk observa le condamné dans le rétroviseur.

Ça devait être rapide — une balle dans la tête.

Il repéra un trou et pila devant une énorme souche déracinée et fit sortir le commissaire du van et lui colla le dos à la souche.

Des lucioles voletaient parmi les feuillages décimés.

Il posa le canon de son pistolet au centre du front de Douglas.

— Où se cache Fuji ?

Douglas ne desserra pas les mâchoires.

Falk recula d'un pas, baissa son arme, et tira à deux reprises dans le sol.

Douglas ne fit que trembler.

La détresse écrasait tous les traits de son visage — seul un de ses sourcils ne cessait de bondir nerveusement.

Puis il hurla.

Quand Falk réappuya le pistolet contre son front — Douglas hurla de douleur parce que le canon rendu brûlant par les deux premières déflagrations lui grilla la peau.

Il bondit et se dégagea en balançant des coups dans le vide, effectuant une série de moulinets presque comiques avec ses bras, ses mains griffant la nuit, fonçant la tête en avant, il trébucha et tomba à genoux et Falk dut lui tirer dans la nuque. Des débris d'os et de cervelle éclaboussèrent la souche que la balle perfora en faisant voltiger des copeaux avant même que la détonation ne déchire le silence.

Une odeur de poudre et de chair cuite.

Falk fit basculer le corps du commissaire dans le trou — et l'arrosa au lance-flammes.

Des éclats argentés ondulèrent dans un coin de son crâne.

Le papillonnement des escarbilles qui perforaient la nuit lui rappela les pointes acérées qui brillaient comme des flèches au bout des longs cheveux noirs de l'impératrice Harmony.

Il prit soudain conscience de la sentence qui le menaçait lui-même.

« Vous avez commis une faute impardonnable ! » — l'Impératrice allait inévitablement ordonner son exécution.

Les câbles de son invulnérabilité rompirent.

Une peur insurmontable le submergea — la peur de sa propre exécution.

Tout le reste lui sembla incertain.

Il reprit le volant — s'attendant à se faire descendre à chaque carrefour.

Il gravit les escaliers qui menaient à son domicile — s'attendant à voir surgir des bourreaux sur chaque palier.

Il ouvrit sa porte et la referma derrière lui et resta là dans le noir — s'attendant à ce que des balles le cueillent sans lui laisser le temps de quitter ses galiscopes.

Mais rien.

Juste un bruit — « Clac-clac-clac-clac ! ».

Le bruit de ses propres dents — ça lui souleva l'estomac.

Il se rua dans la salle de bains et vomit si violemment qu'il se fendit les lèvres contre la cuvette des toilettes.

Il se passa la tête sous l'eau et éteignit le jet mais laissa son visage penché en avant dégouliner dans la baignoire et ses cheveux trempés ruisseler le long des galiscopes encore rivés à ses yeux.

Il garda la position cinq bonnes minutes et finit par fatiguer mais son visage continuait de goutter alors il étendit les bras et plaqua ses mains contre les carreaux pour ne pas fléchir et il tint ainsi jusqu'à ce que le sang qui perlait de ses lèvres cessât de couler.

Sec et serein — il se redressa.

Prêt à affronter son miroir.

Il le regarda — il se regarda.

— Je n'aime pas tes manières ! lui reprocha son reflet.

Il ôta ses galiscopes et cligna des paupières plusieurs fois et observa son visage les yeux nus.

— Je ne les aime pas non plus… reconnut-il.

De petits fantômes bruns lui suçaient les yeux.

Il avait quarante-trois ans — et ses cheveux étaient blancs depuis une éternité.

— Laisse tomber !

Il alla piocher de quoi grignoter dans son réfrigérateur et mit du café en route et s'installa devant sa planche à dessin.

La plupart de ses fusains étaient inutilisables — ça faisait des mois qu'il devait les changer mais ça faisait aussi des mois qu'il n'avait pas eu envie de dessiner.

Il hésitait à se mettre au pastel — abandonner le noir pour la couleur.

Mais le fusain correspondait mieux aux longs cheveux charbonneux de sa femme.

Il avait brûlé les photos qui la représentaient — il ne les supportait plus alors il les avait détruites avant même que la loi impose à tout le monde de se débarrasser des images.

Il avait pourtant éprouvé le besoin de se réapproprier son visage — quelques années plus tard.

Il avait évoqué le sujet avec Kaneshiro.

— Toute forme de dessin est interdite ! l'avait sermonné celui-ci.

Kaneshiro lui avait pourtant offert en douce un coffret de peintre saisi au cours d'une enquête — des tubes de gouache, des pinceaux de différents calibres, une palette et tous les accessoires.

Falk avait essayé — des putains de barbouillis.

Il avait finalement opté pour le fusain.

Et avait agrafé ses portraits les plus réussis sur les murs de son appartement.

— Qui est cette fille ? plaisantait Kaneshiro quand il passait lui rendre visite.

— Ça ressemble juste à ce dont je me souviens… plaidait Falk.

Mais ses souvenirs devenaient de plus en plus flous — et les traits de la femme dont il dessinait le visage étaient de moins en moins précis.

Les cellules de son cerveau se détachaient de plus en plus souvent comme des feuilles mortes.

Il ferma les yeux — les seuls cheveux noirs qui dansaient cette nuit sous ses paupières se terminaient par de méchantes pointes en argent.

Les frémissements de sa cafetière le firent tressaillir.

Sauf que — un café ne lui servirait à rien.

Il ne tenait pas à rester éveillé.

Il examina le contenu de sa boîte en ivoire — celle dans laquelle il fourrait les produits illicites qu'il récoltait lors des fouilles et des perquisitions.

Essentiellement des comprimés de Sommastral.

Il en avala un — décollage immédiat vers Hallucine-la-Ville.

Puis s'écroula sur sa feuille blanche — la confondant avec un océan de lait.

Souriant à son appartement vide et à la nuit immobile — alors qu'il se croyait condamné à ne plus jamais revoir le jour.

16

Encore le crissement des graviers — Kao suivait Holden dans les allées du cimetière.

— C'est ici !

Un tombeau fleuri de safrans.

Kao lut le nom gravé dessus — *Enigmae Phactor.*

Ça ne lui évoquait absolument rien.

Holden tapota sur le caveau avec le bout de sa canne.

Des coups provenant de la sépulture se firent entendre — du morse.

Le vieil aveugle y répondit et des rouages grincèrent.

— Aide-moi… dit-il en crachant dans ses mains.

Kao appliqua ses paumes contre la dalle en pierre du caveau. Tâtonna pour en trouver les pivots. Et la descella.

La tombe ouvrit une bouche béante sur des entrailles ténébreuses.

Puis un visage furieux émergea de ses profondeurs en fulminant :

— Holden ! Qu'est-ce que tu branles ? Fuji t'a donné la consigne de ne faire venir personne !

Un visage de guerrier féodal — du moins tel que Kao imaginait le visage des samouraïs. Taillé à la serpe — mais mal taillé, avec des angles saillants dans les endroits les plus improbables, aussi bien sur les tempes que dans le creux des joues. Avec un chignon — au sommet du crâne

— Sauf cas exceptionnel ! corrigea Holden en poussant Kao vers le caveau.

Le samouraï plissa les yeux pour examiner ce dernier — il ne remarqua rien digne de son intérêt.

Il fit glisser ses larges épaules entre les pierres et s'extirpa de la tombe.

Un colosse — il était si costaud que le trou duquel il venait de sortir semblait trop étroit pour le laisser passer.

Une armure d'écailles laquées couvrait sa poitrine et il tenait un poignard dans la main droite.

Il souleva Kao par le col pour le détailler de la tête aux pieds :

— Qu'est-ce que ce jeune con a d'exceptionnel ?

— Il a dans la poche un véritable morceau de film ! dit Holden.

Le samouraï lâcha Kao — sans le quitter des yeux.

Il prit aussitôt un masque grave pour lui jeter :

— Rentre là-dedans !

— Sans déconner ? balbutia Kao en réprimant un haut-le-cœur.

La réponse fut expéditive — le colosse lui saisit la nuque et le poussa dans le trou avant de se faufiler derrière lui.

Il trébucha sur des marches en ciment.

La peur le gagna quand la dalle se referma sur eux.

— Et Holden ? geignit-il dans le noir.

— Holden reste toujours en surface ! Tu vas pas te foutre à chialer !

Kao tenta de retrouver son calme.

— Relève-toi et suis-moi ! ordonna le samouraï.

— Je vois que dalle !

— Ça descend mais c'est tout droit ! Il y a trente-neuf marches…

Un interrupteur bascula et une succession de néons clignotèrent sous une voûte de tôle ondulée.

En bas — un long couloir souterrain.

Une galerie de vingt mètres. Deux portes dans chacun de ses flancs et une au fond. Un sol en terre. Des murs de planches. Des traces de moisissure dans tous les coins.

Le quartier général de la Résistance.

Kao retint son souffle.

— Depuis quand cet endroit…

— Tu poseras tes questions à Fuji ! le coupa le samouraï.

Il se baissa pour s'engager dans le couloir trop bas pour lui et avança en faisant attention de ne pas heurter les néons.

Une photographie était punaisée sur la porte devant laquelle il s'arrêta — une fille magnifique avec une épée dans chaque main.

— C'est Devon Aoki ! dit-il à Kao.

— Qui ça ?

— Devon Aoki. Dans *Sin City*.

— Devon Aoki… répéta Kao. Dans *Sin City*…

— Quel est ton nom ? lui demanda le samouraï.

— Kao.

— Kao… répéta à son tour le samouraï.

Il sourit :

— As-tu entendu parler de Jack Kao ?

— Plus souvent que tu ne peux l'imaginer ! lui répondit Kao.

— Je m'appelle Clift ! lui annonça le samouraï. Et j'ai vu plus de films avec Jack Kao que tu ne peux l'imaginer !

Il ouvrit la porte en conseillant vivement :

— Alors ne fais pas le malin avec moi !

Derrière la porte — une immense pièce.

Un entrepôt — des cartons partout et des tables chargées de documents interdits.

Une masse considérable d'images, des stocks de photos, des journaux, des magazines, des catalogues, des piles de pages volantes, des cartes postales, des affiches, des cassettes vidéo, des disques digitaux, des disquettes et des quantités de pièces non identifiables.

Un capharnaüm au milieu duquel s'activaient une dizaine de personnes — en train de trier-classer-cataloguer.

Kao observa rapidement les images accrochées aux murs.

Avec précaution — ou avec crainte.

Une fille suspendue en plein air dans un kimono vert. Des samouraïs sur la crête d'une montagne bleue. Un soldat en armure transpercé de flèches.

Le mont Yushan. Un champ de cerisiers en

fleur. Deux types adossés contre une horloge sans aiguilles.

Des monuments inconnus. Une ville inconnue. Un animal inconnu.

— Où est Fuji ? interrogea Clift.

— Au laboratoire ! dit quelqu'un.

Le laboratoire — la porte suivante.

Pas vraiment un laboratoire — plutôt un atelier de bricolage.

Du matériel clandestin au centre de toutes les préoccupations. Une caméra. Des appareils photographiques. Et de vieilles machines dont Kao ignorait les noms et les fonctions.

Les techniciens qui étaient penchés dessus examinaient leurs mécanismes.

— Fuji ! appela Clift.

Un petit homme au crâne rasé se retourna.

Quatre profondes rides lui dessinaient un trapèze sur le front. Son arête nasale se cassait pour tomber à la verticale. Ses yeux étaient ronds et globuleux.

Fuji ressemblait à un putain de hibou.

Il lâcha les outils qu'il manipulait et fronça les sourcils :

— Clift ? Que se passe-t-il ?

Le colosse lui désigna Kao :

— Holden dit que ce mec apporte un film.

Tous les hommes et les femmes présents dans le laboratoire cessèrent de travailler et levèrent la tête.

— Juste un tout petit morceau… corrigea Kao.

Tout le monde tangua dans le silence qui suivit.

Kao sortit le fragment de film de sa poche — les

énormes yeux de Fuji prirent des proportions inquiétantes et la mâchoire de Clift fit saillir de nouveaux angles.

Plus un mouvement après ça.

Et plus un bruit.

La nouvelle traversa les murs et se répandit dans les pièces voisines sans que le moindre mot ne fût prononcé — l'émotion était si prégnante qu'elle se propagea en ondes presque audibles et tout le monde comprit.

Les portes de la galerie claquèrent et une soixantaine de personnes se bousculèrent bientôt dans le laboratoire pour voir le morceau de pellicule que Kao tenait au bout de ses doigts sous la lumière blanche d'une ampoule tel un jeune sorcier réveillant les fantômes du passé.

17

La machine était une petite boîte plastique en forme de caméra.

Son nom apparaissait en lettres brillantes des deux côtés — *Minirama*.

Il y avait une lentille contre laquelle on devait coller son œil. Il fallait glisser la bande dans une fente sur le dessus de la boîte. Et il suffisait d'actionner une roulette pour faire défiler les images une par une.

Chaque bande réunissait douze images sur un thème commun — « Les plus beaux monuments du monde », « Les vedettes du cirque », « Les animaux sauvages », « Les tableaux de maîtres » et un tas de jolis trucs pédagogiques.

Falk adorait les regarder.

Sa mère lui avait offert ce jouet alors qu'une maladie hivernale le forçait à rester au lit.

Il préférait la lecture mais il avait lâché ses livres pour passer du temps devant ces images.

Une série consacrée aux « grandes guerres » représentait des champignons nucléaires — « Hiroshima », « Bagdad », « Kaboul », « Pyongyang ».

Falk trouvait les images de cette série bien plus belles que les autres.

Il ignorait ce que ces images représentaient — il avait huit ans.

« Comment montrer de belles images après ça ? » se demandèrent certains cinéastes après Hiroshima.

Mais après Bagdad et après Kaboul — ils ne se posèrent plus la question.

Et après Pyongyang — les cinéastes ne cherchaient plus depuis des lustres la pertinence de ce qu'ils montraient.

Falk le comprit bien assez tôt.

Bien avant le massacre de la plage de Paishawan.

Mais aussitôt après — après la mort de sa femme — lui-même ne comprit plus la pertinence de ce qu'il faisait.

Il se souvient de cette période — sa démission et sa plongée aux confins de la dépression.

Il s'endormait n'importe où n'importe quand.

Kaneshiro l'avait récupéré un soir étendu sur les rives du fleuve Tanshui en train de roupiller les yeux ouverts.

Puis il s'était réveillé dans une chambre blanche avec une perfusion au creux du bras et les courbes distordues de son électrocardiogramme qui oscillaient dangereusement.

Kaneshiro avait veillé sur lui.

Kaneshiro lui avait raconté la Révolution.

Kaneshiro avait tout fait pour le remettre en selle.

Falk se souvient.

Il brûle ses photos. Il se débarrasse de ses

documents interdits. Il fait disparaître sans regret tout son matériel audiovisuel.

Pourtant — il oublie une chose.

Il déballe le carton dans lequel il a rangé ses souvenirs de gamin — des soldats, un circuit automobile, une panoplie de samouraï.

Et là — entre des cahiers et des bulletins de notes.

Là — le *Minirama*.

Il ôte ses galiscopes et colle un œil contre la lentille de la machine.

Les portraits au fusain se froissent, un fusil-mitrailleur émiette la plage, des images pornographiques défigurent son appartement, des copeaux de bois giclent, un trou s'élargit dans la main droite de Falk, une matraque de 12 000 volts lui fait sauter les paupières, Ulysse lui dévisse la tête à coups de pied, « Les images servent les intérêts de ceux qui nous affligent ! » dit une voix grave, des livres tombent du plafond et des mégots incandescents s'échappent de leurs pages et Falk les happe avidement alors que les cheveux de l'impératrice Harmony lui griffent les joues et traversent les lentilles du *Minirama* pour se planter dans ses pupilles.

Falk se réveilla — les yeux prêts à lui sortir de la tête.

Ce genre de cauchemar ne lui était pas familier.

Son premier réflexe — visser ses galiscopes.

Quatre heures du matin.

Les portraits au fusain étaient sagement disposés sur les murs de son appartement — le même visage reproduit maintes fois.

Quatre heures du matin et personne pour lui tirer une balle dans le crâne.

Un matin peut-être comme les autres.

Des bribes de son cauchemar lui revinrent — le *Minirama*.

Il se souvenait d'avoir fait brûler ce jouet.

Pourtant — un doute.

Il ouvrit un placard et repéra le vieux carton sur une étagère.

Dedans — ses petits soldats, son circuit automobile, ses cahiers de classe, sa panoplie de samouraï.

Aucune trace du *Minirama* — le *Minirama* avait fini en cendres.

— Comment as-tu pu mettre ta droiture en doute ? maugréa Falk.

Il était couvert de sueur — mais aussi froid qu'un poisson.

Quelque chose fit trébucher le silence dans ses tympans.

Un bruit — le même bruit que font les glaçons en tombant dans un verre.

Personne dans la cuisine. Personne dans le salon. Personne dans la salle de bains.

Personne nulle part — Falk était seul chez lui.

Une nuit comme une autre.

Mais toujours ce bruit.

Le bruit de ses propres dents — les unes contre les autres.

Il mit ses tremblements sur le compte de son réveil brutal ou de sa peur à affronter les dernières heures qui lui restaient avant sa propre exécution.

Soudain — une pressante et irrépressible envie de Sommastral.

Le Sommastral était un narcotique.

Une substance de synthèse découverte après la disparition des images. Une drogue dont les vertus hallucinogènes ravissaient tous les consommateurs. Un produit stupéfiant interdit au même titre que tous les autres.

Falk en prenait.

Ça balayait ses inquiétudes.

Ça le poussait à avancer malgré les flammes.

Il en goba deux comprimés — une nuit comme les autres.

18

Le projecteur bourdonna — un grand carré de lumière apparut sur le mur du fond et des ombres surdimensionnées de poils et de cheveux voltigèrent.

— Fuji ! dit une voix dans le noir. On a retrouvé ta frange !

Des rires fusèrent.

— Je vais nettoyer ça… s'empressa quelqu'un.

Un coup de pinceau fit dégager les saletés qui s'étaient glissées entre la puissante ampoule et le canon du projecteur.

— Soyez indulgents ! plaida Fuji. Cette machine est une antiquité…

Elle sortait de la réserve.

La réserve — une pièce souterraine remplie d'un attirail qui avait fait halluciner Kao.

— Voilà tous les appareils que nous avons pu sauver… avait annoncé Fuji en lui faisant visiter les lieux. Essentiellement du matériel vétuste récupéré à la va-vite pendant que les najas effectuaient leur grand nettoyage.

Plus que vétuste — au mieux en mauvais état, au pire complètement inutilisable.

Postes de télévision éventrés, antennes corrodées, câbles dénudés, caméras sans objectif, ordinateurs en morceaux.

— On essaie de restaurer tout ça tant bien que mal au laboratoire. Il nous faut souvent démantibuler plusieurs appareils pour parvenir à en remettre un seul en état. Et encore... On change un diaphragme, on adapte un obturateur, on dispose des lentilles et des miroirs correctement. Mais, au bout du compte, sans pellicule, comment savoir si un appareil photographique fonctionne vraiment ?

Le matériel réparé susceptible de marcher trônait sur une table au centre de la réserve.

Kao en avait identifié un élément capital — le projecteur.

Il en avait fait le tour religieusement — sans oser le toucher.

— Je crois que ton grand-père était projectionniste... avait dit Fuji.

— Oui. Comment le savez-vous ?

— Holden me confie parfois des informations sur nos partenaires qui rament comme toi en surface.

Kao avait évoqué plusieurs fois son grand-père en compagnie du vieil aveugle.

— Vous a-t-il dit qu'il avait fait partie de la Résistance ?

— Oui.

— Et qu'il s'était fait descendre ?

— Oui.

— Le connaissiez-vous ?

— Non. On était trop dispersés. Et puis... On a manqué de temps.

Silence.

— L'impératrice Harmony nous a immédiatement jeté les najas dessus ! avait développé Fuji en frottant son crâne nu. On s'est fait faucher avant même de tenir debout. Tellement de militants ont disparu à cette époque... Ça a été une hécatombe !

— Quatre cent quarante-sept victimes selon le ministère de la Sécurité... avait ironiquement rappelé Kao.

— Il faut au moins multiplier ce chiffre par dix ! s'était emporté Fuji. Peut-être par vingt ! Tous les secteurs professionnels produisant ou diffusant des images ont été décimés ! Harmony a procédé à une véritable épuration ! Des familles se demandent encore où sont passés leurs proches !

Il avait baissé la voix pour demander :

— Où travaillait ton grand-père ?

— À la Cinémathèque.

Fuji s'était froissé le front :

— Il y a eu un mouvement d'une ampleur considérable à la Cinémathèque. On était des milliers à former la barricade. Bien plus nombreux là que devant les bâtiments de la télévision. On se moquait de la télévision. « La télévision fabriquait de l'oubli... » Pas le cinéma. On voulait sauver le cinéma à tout prix. La Cinémathèque était le lieu symbolique à défendre en priorité. Alors on y était tous. Puis les najas nous ont arrosés au lance-roquettes. Et la Cinémathèque a sauté. Avec une multitude de ses défenseurs à l'intérieur.

— Mon grand-père s'en est tiré cette fois-là... avait dit Kao. Mais il s'est fait arrêter l'année suivante.

La pièce avait semblé rétrécir en répercutant sa dernière phrase.

— Où ça ?

— Dans les caves du cinéma Oshima.

— Je ne faisais pas partie de cette poche de résistance... avait murmuré Fuji.

Kao avait presque hurlé pour raconter la fin :

— Il a été exécuté avec ses camarades sur les pentes de la colline Danang.

— Comme la plupart de ceux qui menaient ce combat... avait fait observer Clift.

— Oui.

— Quel âge avais-tu ?

— Je n'étais pas encore né... avait reconnu Kao.

Il avait tendu ses mains vers le projecteur et expliqué lapidairement :

— Mais ma mère en parle souvent.

Sa mère lui avait raconté tous ces épisodes — sa mère lui avait raconté tant de choses interdites sur le cinéma et sur son grand-père.

— Est-elle au courant de tes activités ? s'était inquiété Fuji.

— Je ne sais pas.

Sa mère soupçonnait peut-être ses forfaits mais jamais elle n'avait dû imaginer cette scène — Kao en train de caresser un projecteur.

— Il fonctionne ?

— Oui, avait garanti Clift. Il nous a suffi de papier-calque pour le vérifier. Aide-moi à le porter !

Le laboratoire avait été reconverti en salle de projection.

Et tous les regards étaient maintenant vissés sur le grand carré de lumière.

Fuji fit glisser le morceau de film dans la fenêtre de la machine.

L'image en noir et blanc apparut sur le mur — l'homme et la femme, de dos, sur la route, main dans la main, les montagnes au loin.

« Oh ! » — des cris de stupeur.

Et des reniflements dans toute la salle — la salle comble.

Une soixantaine de personnes avec les yeux écarquillés. Certaines pleuraient. D'autres souriaient en silence.

Toutes secouées par des émotions enfouies. Captivées par cette image ressuscitée.

Sur l'écran — Kao put découvrir de nouveaux éléments.

Des détails grossis par la projection — le chapeau melon sur la tête du bonhomme et la canne sur son épaule et ses grands pieds de travers.

— Je vous présente Charlie Chaplin ! annonça Fuji dans l'obscurité.

Un moment suspendu au-delà des racines invisibles qui retenaient toutes ces personnes sous la terre de ce cimetière.

— Alors que je commençais à croire que nos

recherches étaient vaines... soupira Fuji. Nous avons désormais la preuve que des fragments de films ont échappé à l'épuration.

Clift se tourna vivement vers Kao :

— Où as-tu trouvé ça ?

— Un client qui me devait du fric a tenu à me donner ce...

— Sais-tu comment le contacter ? le coupa Fuji.

— Il fréquente toujours le même bar, révéla Kao. *Le Rouge et le Noir*, dans la rue des Romantiques, à Badwords. Généralement le soir.

— Il va falloir lui mettre le grappin dessus ! le brusqua Clift.

— Le mec en question ne fera pas ça pour rien... avertit Kao. Il aime des photos assez spéciales...

— Quel genre ?

— Des photos sanglantes. Des plaies, des blessures, des clichés médicaux, des images de films... N'importe quoi tant que ça saigne.

— Pas de soucis, lui garantit Fuji. Clift te procurera ce genre de documents et il t'accompagnera pour faire la transaction.

— Clift est une brute qui ne voulait pas me laisser entrer ici ! protesta Kao.

Sur le mur — l'homme et la femme en noir et blanc, comme les montagnes, ne bougeaient pas d'un pouce.

Fuji arqua ses sourcils de hibou :

— Sais-tu de quel film est tirée cette image ?

— Non, reconnut Kao.

— Sais-tu seulement qui était Charlie Chaplin ?

— Non.

— Clift le sait. Il pourrait te donner des leçons sur tout ce que tu ignores.

Kao baissa la tête.

— J'oubliais… lui dit encore Fuji.

— Quoi ?

— Merci. Ce que tu as amené là est une chose magnifique.

Sa voix crissait comme du métal.

Il ferma les paupières et affirma :

— Cette image nous permettra de rester éveillés plus longtemps pour lutter contre la tyrannie sans visage qui veut toutes les supprimer au profit exclusif de l'oubli !

19

Chacun de ses pas pouvait être le dernier mais Falk marchait avec nonchalance.

Il ne prit pas le chemin le plus court pour se rendre au cimetière.

Il fit un crochet par le marché des Quatre Saisons.

Profitant du soleil du matin.

Respirant.

Il acheta un gâteau à la crème de soja et des bâtonnets d'encens et un bouquet de pensées puis chercha à rattraper les allées Gorki en empruntant un maillage de petites rues.

Une canne blanche surgit dans son champ de vision — un aveugle.

Falk suspecta aussitôt un agent de la Sécurité.

Voilà — tout simplement la fin.

Il ne ralentit pas.

Il ne changea pas de trottoir.

Il se contenta de regarder par terre sans sourciller.

La canne blanche balayait fébrilement le sol — elle heurta Falk au niveau d'une cheville quand l'aveugle le croisa et Falk crut qu'un pistolet allait lui cracher une balle dans la tempe à ce moment précis mais l'aveugle s'excusa confusément et poursuivit son chemin et ce fut tout.

Falk attendit que le bruit de la canne qui frappait le trottoir se perde dans le lointain avant de relever la tête.

Il vit le feuillage des saules du cimetière Haïku au bout de la rue.

Il traversa la voie du tramway et ôta ses galiscopes.

La tombe de sa femme était si joliment fleurie que son bouquet de pensées parut bien pâle.

Falk se demandait toujours comment Holden se débrouillait pour nettoyer et décorer chaque sépulture avec autant de soin et de goût.

Il déballa son gâteau de soja dans la coupelle.

Il alluma ses bâtons d'encens.

Et se recueillit.

Des sanglots — au loin.

Un homme et une femme pleuraient.

Falk posa le front par terre et se releva.

— Bonjour, capitaine.

— Bonjour, Holden.

Il serra la main du vieil aveugle en ajoutant :

— Et merci.

— Pourquoi me remerciez-vous, capitaine ?

— Parce que vous entretenez la tombe de ma femme à merveille. Je n'ai jamais vu les fleurs aussi belles.

— Je ne les vois pas, sourit Holden.

— Toujours le mot pour rire… remarqua Falk.

Ils longèrent un massif de rosiers parfaitement taillés et se promenèrent à l'ombre des saules.

— Ça faisait un bout de temps que je ne vous entendais plus venir... lui reprocha Holden.

— Parce que ça faisait un bout de temps que je n'avais tué personne... lâcha Falk.

Il ne venait sur la tombe de sa femme que dans ce contexte — finalement plus pour se repentir que pour se recueillir.

Holden orienta ses rétines opaques vers lui.

— Je plaisantais... mentit Falk pour le rassurer.

— Non. Vous ne plaisantiez pas.

Les rayons du soleil semblèrent converger pour passer entre ses paupières parcheminées.

Il leva subitement une main pour indiquer à Falk de ne plus piétiner le gravier — et écouta.

— Il y a deux hommes que je ne connais pas derrière nous... dit-il.

Falk se retourna — deux mastards en cuir noir à une vingtaine de mètres.

Il revissa ses galiscopes et fixa la blancheur d'un caveau pour recaler leurs paramètres.

— Je vais devoir suivre ces messieurs.

— Ils sont armés, le mit en garde Holden.

— Épatez-moi davantage ! ricana Falk. Dites-moi combien ils ont de monnaie dans leurs poches !

— Je ne sais pas. Mais celui qui est à droite ne marche pas tout à fait normalement. Une matraque doit être glissée le long de sa hanche.

Les deux agents approchaient sans se presser.

— Bien... souffla Falk.

Il salua Holden et alla à la rencontre de ses bourreaux.

Celui dont le vieil aveugle avait parlé passa la main sous son blouson et en sortit une matraque électrique :

— Une décharge de ce truc-là est capable de faire perdre connaissance à un sumo alors…

— Te fatigue pas ! le coupa Falk. Où va-t-on ?

— Faire un tour dans la limousine du patron !

— Très drôle.

— Je ne cherche pas à être drôle ! Lynch veut vous voir ! Et je suppose que ce qu'il tient à vous dire ne sera pas drôle non plus !

La limousine du ministre stationnait en double file devant le cimetière — encadrée de gardes mobiles.

— Lynch… rumina Falk — sans comprendre.

Un gorille ouvrit une portière et lui fit signe de monter.

Dedans — le ministre de la Sécurité en pleine conversation téléphonique.

Il raccrocha et leva à peine les yeux pour indiquer à Falk de s'asseoir en face de lui.

Skrrr ! skrrr ! — les fusibles de Falk !

— Le corps carbonisé d'un homme a été retrouvé ce matin sur le chantier de la Nouvelle Faculté… attaqua Lynch.

— Le corps du commissaire Douglas, déclara Falk.

— Beau travail ! le complimenta le ministre. Rapide et efficace !

Falk se frotta le menton :

— L'Impératrice vous ordonnera certainement de m'éliminer lorsqu'elle apprendra que j'ai proprement effacé ce criminel.

— Elle est déjà au courant…

Des rebonds — dans l'estomac de Falk. Des contractions — dans sa ceinture abdominale. Des coulées de sueur — de sa gorge jusqu'au bout de ses doigts.

— Mais je n'ai reçu aucune directive te concernant ! révéla Lynch.

Falk respira — sans y croire.

— Vous êtes venu me cueillir ici simplement pour me communiquer cette bonne nouvelle ?

— Pas uniquement.

— Je vous écoute.

— Je peux te dire que, vu la faute que tu as commise, ce ne sont pas tes états de service qui t'ont sauvé ! Aussi mirobolants soient-ils ! Je ne peux donc que te conseiller de te méfier !

— Pourquoi ? tenta de creuser Falk.

Le ministre de la Sécurité cligna d'un œil pour lui annoncer :

— Parce que l'Impératrice a dû te prendre en affection.

20

Les formes imposantes et les mouvements brusques de la ville ne semblaient plus le concerner.

Même les couleurs — le bleu du ciel, les feux tricolores, la veste fuchsia d'une vieille femme à un arrêt de tramway — ne lui parlaient plus.

Seuls les bruits de la circulation lui rappelaient que le cimetière était loin derrière lui.

— Fais bien attention à toi… avait pris soin de lui dire Holden.

Il traversa la rue sans regarder — le crâne entièrement occupé par l'image en noir et blanc qu'il avait laissée là-bas.

Un camion chargé de gravats pila et un dense nuage de poussières laiteuses jaillit hors de sa remorque et engloutit mollement tout ce qui se trouvait à proximité.

Kao émergea du brouillard les cheveux badigeonnés de blanc.

Sa mère l'attendait en marchant de long en large devant la petite table de leur cuisine.

— Où as-tu passé la nuit ? s'exclama-t-elle avant même de le saluer.

— As-tu déjà entendu le nom de Charlie Chaplin ? lui jeta-t-il.

Elle ne comprit pas exactement le sens de sa question.

— Est-ce que Charlie Chaplin t'évoque quelque chose ? insista-t-il.

Elle hocha furtivement la tête :

— J'ai vu quelques-uns de ses films. De quoi es-tu en train de me parler ?

Kao s'efforça de garder son calme pour lui avouer :

— J'ai passé la nuit avec l'image d'un film de Charlie Chaplin.

Sa mère ferma les yeux.

Elle se souvenait peut-être de quelques scènes. Elle connaissait peut-être cet homme et cette femme, main dans la main, au milieu de cette route. Elle voyait peut-être la même image.

Elle ouvrit la bouche — mais trop de mots se bousculaient.

— Je ne peux rien te dire de plus… prévint-il.

— Que comptes-tu faire ?

— Prendre mon cartable. Aller normalement au lycée. Et ne pas faire de vagues. Tu n'as pas à t'inquiéter.

— Il est normal que je m'inquiète… s'époumona-t-elle.

Mais Kao était déjà ressorti — il dévala les escaliers le plus rapidement possible pour éviter toute discussion.

Elle le rattrapa pourtant en bas :

— Kao !

Elle ne chercha pas à le retenir — elle lui épousseta simplement les cheveux et le laissa filer.

Il se rendit au lycée avec un enthousiasme inhabituel.

Une surprise de taille le cueillit en arrivant devant les portes — une turbulence inattendue.

Les élèves et les professeurs étaient tous étrangement regroupés sur le trottoir, visiblement en proie à la panique, face au fronton de l'établissement.

Kao dut laisser son exaltation de côté pour découvrir ce qui les épouvantait — au-dessus des portes vitrées, étalée à la peinture, cette phrase : « Un écran est une fenêtre ouverte sur la connaissance. »

Et sur les murs, sur les volets, sur l'asphalte, une ribambelle de slogans illégaux du même genre. Un flot de propagande en faveur des images. Tout le long de la rue.

Sur les portes du gymnase — « Les ombres électriques du cinéma soulèvent les montagnes ». Sur la façade d'un immeuble voisin — « La télévision fend les frontières ». Sur un banc — « Les photographies sont les vecteurs de l'ubiquité ».

La haie agitée que formaient les lycéens bondissait devant chaque phrase.

Gravé sur un arbre — « Les images nous offrent ce que la vie nous refuse : le mystère et le miracle ! ».

Les auteurs de ces messages avaient pris la précaution de ne pas les illustrer.

Leur acte était condamnable mais l'absence d'images évitait de les faire tomber sous le coup de la loi Bradbury — par conséquent, même s'ils risquaient une lourde peine, ils ne se feraient pas crever les yeux.

Dans cette rue, dans un de ces immeubles, peut-être même dans ce lycée, des gens menaient en tout cas à leur façon le même combat que Kao.

Sur une immense affiche — « Retrouver votre jeunesse est possible ! Réunir les morts et les vivants est possible ! Faire entrer l'ailleurs chez vous est possible ! ».

Des élèves exaspérés entreprirent de l'arracher.

En grosses lettres blanches au milieu de la chaussée — « Les images sont le seul langage universel ».

Un groupe mené par Jackson et Stoker — deux des connards qui passaient leur temps à chanter les bienfaits de la dictature — surgit armé de spatules.

— On recrute des volontaires pour nettoyer tout ça ! braillèrent-ils.

Une foule de séides se joignit à eux.

— Tu comptes rester planté là à rien foutre ? reprochèrent-ils à Kao.

Un camarade de classe lui tendit un racloir.

Kao ne trouva rien de mieux que de leur balancer :

— Brossez-vous avec !

Il leur tourna le dos et se dirigea à l'autre bout de la rue — comptant peut-être rejoindre les deux personnages en noir et blanc toujours plantés à l'intérieur de son crâne.

21

La journée se terminait — et Falk respirait encore.

À croire que Lynch avait dit vrai — « Je n'ai reçu aucune directive vous concernant ! ».

L'impératrice Harmony ne souhaitait peut-être pas se débarrasser du capitaine le plus décoré de la Brigade de l'Œil. L'Impératrice ne tenait peut-être pas à le supprimer. Elle comptait peut-être sur lui.

Peut-être — rien que des suppositions.

Lynch tentait constamment de se faire passer pour un vieux briscard du gouvernement mais il ne dirigeait la Sécurité que depuis une demi-douzaine d'années.

— L'Impératrice a dû te prendre en affection… avait-il glissé à Falk avant de le déposer devant le commissariat central.

Une mauvaise plaisanterie — ou une grossière intuition.

Falk en avait soupesé tous les mots — ils ne pesaient pas bien lourds.

Il avait regardé filer la limousine de son ministre sans laisser apparaître les traces de son inquiétude.

Ses galiscopes avaient pivoté vers la façade du commissariat et il avait machinalement caressé leur armature — un geste de compensation pour éviter de se sentir démuni.

Le ciel bleu et les rues ouvertes ne lui offraient que de vaines échappatoires.

Il n'avait rien trouvé de mieux à faire que de pénétrer dans l'aile nord du bâtiment — comme un jour ordinaire.

— Content de te revoir ! s'était exclamé Kaneshiro.

Falk avait consulté l'édition matinale du journal *Description* — rien de palpitant.

— Tu me racontes quelque chose ou quoi ? avait insisté Kaneshiro.

— Je ne sais pas quoi dire.

— Est-ce que ça s'est bien passé ?

— J'ai collé une balle dans le crâne de Douglas.

— Sur ordre du ministre ?

— Sur ordre de l'Impératrice elle-même… avait rapporté Falk.

Kaneshiro avait presque sursauté :

— Tu l'as vue ?

Falk avait souri pour évoquer une autre rencontre :

— Ulysse a failli me démolir.

— Ce nabot est capable de fendre des pierres à mains nues… avait commenté Kaneshiro.

— Tu le connais ?

— Non. Mais il trimballe une furieuse réputation. J'ai entendu dire qu'il pouvait faire pisser le sang par les oreilles de n'importe qui. J'ai même entendu dire qu'il pouvait arrêter un buffle au pas de charge en lui enfonçant simplement les doigts dans le museau.

— Il ne pourrait pas arrêter un colosse de la trempe de Strummer ! avait contesté Falk en voyant arriver ce dernier à vive allure.

Puis ils avaient rejoint le van en silence et avaient sillonné les rues avec application — comme un jour ordinaire.

— Des slogans criminels ont été tagués aux alentours du lycée Pouchkine ! avait alerté la radio.

Les terroristes savaient manier la langue — et certains en profitaient.

Ils écrivaient leur propagande nauséabonde sur les murs, sur le sol, partout — et il fallait nettoyer tout ça.

Des agents des services sanitaires et des bénévoles avaient investi les rues pour effectuer le boulot.

— Allons les aider ! avait exigé Strummer en enclenchant une recharge neuve dans son chalumeau.

Ils y avaient passé tout l'après-midi — à gratter les traînées de peinture à la spatule et à carboniser minutieusement les affiches.

Falk avait profité de cette activité ingrate pour se vider le crâne.

Respirant la colle brûlée — mais respirant à plein nez.

Et respirant encore de retour au commissariat.

Il consulta ses ongles noirs.

— Saleté de boulot.

Il gagna les lavabos pour astiquer ses mains poisseuses.

— Ça ne veut pas partir ! se plaignit Kaneshiro qui se savonnait frénétiquement les doigts.

— On devrait couper les membres des bâtards qui badigeonnent ces affiches de colle forte ! clama Strummer.

Une voix derrière eux :

— Leur coller une balle dans la tête serait plus sûr.

Un mouvement derrière eux — le lieutenant McNee.

Falk s'essuya les mains et présenta l'intrus à ses collègues :

— Vous connaissez le lieutenant McNee de la Brigade criminelle ?

Strummer et Kaneshiro le dévisagèrent.

— Ce vaillant lieutenant regrettait l'autre jour la raréfaction des crimes de sang ! cracha Falk sans cacher son mépris.

McNee soutint les trois paires de galiscopes rivées sur lui :

— Il faut croire que les affaires reprennent, annonça-t-il sèchement. Je me suis rendu ce matin sur le chantier de la Nouvelle Faculté pour découvrir le cadavre du commissaire Douglas. Il avait la cervelle émiettée par un calibre 38.

Il laissa passer un silence avant de souffler :

— Mais cette affaire m'a été brutalement retirée...

Falk ne dévoila pas sa satisfaction — il attendait de savoir ce que voulait McNee.

— Où est le problème ? se moqua Kaneshiro. Tu vas pouvoir continuer à jouer tranquillement aux cartes avec ton équipe !

— Je vois… soupira McNee.

Il ricana sans conviction :

— Vous croyez que les hommes de la Brigade criminelle passent leur temps à se tourner les pouces. Vous croyez que la criminalité a disparu avec les images. Vous croyez que l'éradication des images a éliminé toute forme de violence sur cette île.

Puis il haussa le ton pour contre-attaquer :

— Mais vous vous trompez ! Il y a toujours autant de connards qui frappent leur femme ! Il y a toujours des nez qui éclatent et des dents qui volent ! Il y a aussi les commerces qui flambent sans raison apparente parce que le chantage et l'extorsion se pratiquent encore ! Et le nombre de plaintes pour harcèlement ou pour viol n'a jamais diminué !

Falk avait déjà entendu ça cent fois — les terroristes tenaient le même discours.

— La disparition des images a même engendré la croissance alarmante de certains délits ! déplora McNee.

— Lesquels ? bondit Falk — considérant que le lieutenant de la Criminelle avançait enfin à découvert.

Le temps se suspendit.

— Je sais contre quoi mon équipe se bat ! se rétracta McNee.

— Contre quoi ? insista Falk.

McNee esquiva de nouveau :

— Vos galiscopes ne sont pas réglées pour se focaliser là-dessus !

Un reproche ou un conseil — mais pas une réponse.

Une erreur qui étaya les soupçons de Falk — « McNee défend les images ! ».

Skrrr ! skrrr ! — ses fusibles.

Toutes les têtes en bourdonnèrent.

— Fouillons-le ! s'emballa Kaneshiro.

— Retourne tes poches ! lui ordonna Strummer.

Falk dut les retenir pour éviter tout dérapage.

McNee parut cependant ignorer la pression.

— Je n'ai rien à cacher ! prétendit-il en levant les mains en l'air. Venez vérifier…

— Inutile ! trancha Falk.

— Je n'ai rien à craindre ! se vanta McNee.

Falk lui tourna le dos.

Le jeune lieutenant de la Criminelle poursuivit un ton plus haut :

— Contrairement à certains d'entre vous…

Une menace — imprécise — qui fit revenir Falk en arrière.

Trois pas pour revenir sur lui — le verre de ses galiscopes presque dans les orbites de McNee.

Tendu et prêt à frapper — Falk sans plus aucune soupape de sécurité.

— Qui a quelque chose à craindre ici ?

McNee recula sans le lâcher des yeux.

Pointa un doigt vers lui sans perdre confiance.

Et articula au milieu du silence :

— Tes crimes ne resteront pas impunis.

Enfin une menace claire.

Et de la rancœur et de la haine — dans son regard.

Mais Falk reprit soudain sa contenance.

Il attendit patiemment de voir disparaître McNee au bout du couloir.

Puis interpréta simplement :

— Ce connard tient à me faire payer l'exécution de Douglas.

— Il trempe visiblement lui aussi dans les images… rumina Kaneshiro.

Strummer proposa aussi sec :

— Je peux lui coller au train et passer au peigne fin tous les endroits dans lesquels il se rend ! Je trouverai sûrement de quoi allumer un feu plus intense que son arrogance !

— Inévitablement, présagea Falk. Ce jeune ambitieux doit…

Une sonnerie l'interrompit — son téléphone mobile.

— Falk ! dit-il en décrochant.

— Capitaine, répondit une voix aigre — Ulysse.

Il faillit écraser l'appareil entre ses doigts.

— L'Impératrice veut vous voir… entendit-il.

Et sa respiration se fragmenta.

22

Des rafales de vent chaud lui éclataient les cheveux.

Les poings enfoncés dans les poches, il jouait du bout des pieds avec une canette de soda écrasée, juste devant les portes de la Grande Bibliothèque.

Espérant voir Emma.

Espérant ses lèvres retroussées.

Espérant les frôlements de son sourire.

Il oublia presque le fragment du film de Charlie Chaplin quand il la vit descendre du tramway.

Elle marqua un arrêt — stupéfaite et indécise — avant de lâcher :

— Qu'est-ce que tu fais là ?

— Je t'attendais... fut contraint de reconnaître Kao.

La faille entre son nez et ses lèvres se creusa — elle sourit.

Elle tenait un livre à la main — *Les Fenêtres du mensonge* de Kimsoon.

Un alignement de lieux communs — « Les apparences sont trompeuses » — et de jugements péremptoires — « Seule la cécité permet d'accéder à la lucidité » — auxquels Emma semblait adhérer.

— Quel tissu de conneries... souffla Kao.

Elle embraya aussi sec :

— Tu ne crois pas que nos yeux ne sont que des fenêtres ouvertes sur des mensonges ?

Il détailla son sourire instable et lui dit :

— Je ne crois pas que les images que je garde de toi soient des mensonges. Je t'ai vue dans un état lamentable, vautrée dans ton vomi, une terreur indicible au creux du ventre. Je t'ai vue infiniment gracieuse, hier après-midi, au quatrième étage de cette bibliothèque. Et je te vois maintenant en train de me sortir des conneries. Ces images ne sont peut-être pas limpides. Mais elles me crient toutes la même chose.

— Quelle chose ?

— « Évite cette fille. Elle est bien trop sage. Tu ne sais pas où ça va te mener. »

— Ce ne sont que des pressentiments ! objecta Emma.

— La vérité est pourtant là... estima Kao.

— Puis-je la connaître ?

Il choisit les mots les plus justes :

— La vérité est que j'ai envie de te prendre dans mes bras.

Elle chercha à se voiler le visage tout entier derrière ses haies de cheveux — sans y parvenir alors elle recula.

Kao déporta son regard.

Plus loin derrière elle — une silhouette familière attira son attention.

Il reconnut Stoker.

— Le connard qui se dandine là-bas est dans le même lycée que moi… marmonna-t-il.

Stoker était un des plus fervents lèche-bottes de la dictature.

Question — est-ce que ce connard est en train de me surveiller ?

Il reposa les yeux sur Emma.

— Je voudrais te montrer quelque chose… dit-il.

— Quoi ?

— Un endroit que j'aime.

— Où ça ?

Il lui montra le sommet de la colline Danang dans le lointain.

— Là-haut.

Les pentes étaient déjà dans l'ombre.

— À cette heure-là ? s'inquiéta Emma.

— La vue sur la ville est imprenable quand le soleil est bas, lui confia Kao. Mais si ça te fout la trouille…

— Ça ne me fout pas la trouille ! riposta-t-elle.

Sauf que — suspicion.

Elle fronça les sourcils :

— Dis-moi.

— Ouais.

— Tu ne serais pas en train de m'embarquer dans un plan à la con ?

— Qu'est-ce que tu veux dire ?

La faille entre son nez et ses lèvres se tordit quand elle hocha narquoisement la tête.

— Tu sais très bien ce que je veux dire. Je ne

tiens pas à participer à un de tes trafics frauduleux. Même de très loin.

Il haussa les épaules et se dirigea seul vers la rue Wei.

— Attends-moi ! exigea-t-elle. Je voulais juste en être sûre !

Automatiquement et réciproquement — ils se prirent par la main.

Pour résister au vent ou plus certainement pour sentir la peau, la chair, les os et toutes les particules de leurs mains s'étreindre.

Fer rouge contre glace — le contact.

Ils se lâchèrent aussitôt.

Un point de suture semblait toutefois les attacher car ils restèrent épaule contre épaule.

Ils marchèrent ainsi et se mirent à commenter sans passion la programmation des diverses salles de concert devant lesquelles ils passaient et ils traversèrent le parc de la cité universitaire en empruntant les allées McCullers puis leur conversation tomba mais leurs épaules se frôlaient toujours.

— Je vais te poser une question… avertit Emma quand ils atteignirent le pied de la colline.

— Les questions restent parfois sans réponse, prétendit Kao.

Il détacha son épaule de la sienne et s'engagea sur le petit sentier qui serpentait le long de la pente.

— La mienne en a forcément une ! assura-t-elle. Tu as dit que tu…

Ses chaussures ripèrent alors elle se tut et se concentra sur le chemin.

Les feuillages et les nids de fougères semblaient

exploser sous les bourrasques mais le ciel était encore suffisamment clair.

Kao avançait à grands pas en écartant les ronces et les branches.

— Baisse la tête ! prévenait-il de temps à autre.

Une main tira bientôt sur son tee-shirt — Emma à bout de souffle.

Il repéra un chablis en travers du sentier :

— On va s'arrêter.

Pas vraiment au sommet — mais ils dominaient déjà la ville et le coude du fleuve.

Les rives du quartier industriel au loin, la fumée blanche de la centrale thermique, le boulevard périphérique, les axes de circulation, les phares mouvants des véhicules, les lumières de Sentence, la Grande Bibliothèque, les bâtiments modernes de Majuscule, les buildings, le Palais impérial, les immeubles et les rues de Badwords, les jardins, Italique et ses résidences étudiantes, les amphithéâtres, les terrains de sport et, en contrebas de la pente, le chantier de construction de la Nouvelle Faculté.

— C'est beau, reconnut Emma.

Elle se pencha en arrière pour contempler le ciel — la lune gibbeuse désormais bien visible.

— Tu m'as dit l'autre soir que tu cherchais des informations.

— Des souvenirs… rectifia Kao.

Le vent éparpillait leurs cheveux comme des grenades à fragmentation — les rafales étaient si brusques qu'elles parvenaient même à leur déformer les traits.

— Quel genre de souvenirs exactement ?

— Exactement ?

Il chercha une réponse valable mais lâcha sans y croire :

— Je ne fais peut-être que poursuivre des fantômes.

— Quel genre de fantômes ? insista Emma.

Derrière ses cheveux — un regard à la fois craintif et insolent.

Kao lui prit une main pour la forcer à quitter le ciel des yeux et lui indiqua vaguement les friches qui recouvraient la colline :

— Tu sais ce qu'il y a là-dessous ?

— Non.

— Les fantômes du cinéma.

Elle retira sa main.

— Les fantômes du cinéma engloutis dans l'oubli, poursuivit Kao. Les fantômes décimés par l'impératrice Harmony.

— Qu'est-ce que tu racontes ? s'inquiéta Emma.

— Ils sont là-dessous.

Il scruta des ombres glissantes et ajouta froidement :

— Mon grand père aussi.

— Ton grand-père ?

— Comme tous ceux qui exerçaient autrefois un métier en relation avec les images. Producteurs, scénaristes, acteurs, machinistes... L'impératrice Harmony les a fait exécuter ! Les najas ont effectué une épuration méthodique. Et c'est sur le flanc de cette colline qu'ont été ensevelis les corps.

Il n'inventait rien — il ne faisait que résumer ce

que lui avait raconté sa mère et ce que lui avait à maintes reprises confirmé Holden.

Emma vacilla sans le croire.

— Comment sais-tu ça ?

— Il y en a qui ont pu échapper à ce massacre...

Elle attaqua de front :

— Fuji fait-il partie de ceux-là ?

— Non. Fuji était simplement un cinéphile.

— C'est lui qui t'a raconté ça ?

Il ne répondit pas.

Elle interpréta son silence comme un aveu :

— Comment peux-tu croire ce terroriste ? Son esprit est aussi nocif que les images qui lui ont intoxiqué le cerveau !

— Tu ne fais que répéter les sermons de l'Impératrice... se contenta de lui faire remarquer Kao.

— Et toi ? cracha-t-elle. Tu ne fais que délirer !

Il riposta sereinement :

— Il te suffit de prendre une pelle et de creuser pour découvrir le charnier qu'il y a là-dessous !

— C'est pour ça que tu m'as amenée ici ?

— Non... murmura Kao. Je t'ai amenée ici parce que j'aime cet endroit.

Elle renversa la tête en arrière pour sortir les friches de son champ de vision et ne plus voir que le ciel.

Il lui reprit la main :

— Je ne te force pas à creuser. Je ne te force pas à me croire. Un film aurait pu te convaincre. Le cinéma et la photographie servaient justement à ça... Témoigner. Ne pas oublier. Se souvenir.

— Les mots sont aussi là pour ça !

— Il y a des images que des millions de mots ne suffiraient pas à décrire...

Elle ne désarma pas :

— Les images ne sont que de l'opium ! La télévision et le cinéma étaient les seringues qui inoculaient ce poison à nos parents !

Elle contemplait le ciel comme si des flammes allaient en jaillir pour lui lécher le visage.

Mais rien — toujours rien que du vent.

Elle pressa la main de Kao avant de lui demander :

— Regarde le ciel...

— Je le vois.

— Il est immense...

Il comprit où elle allait en venir — il avait déjà entendu ça cent fois.

— Les images étaient incapables de reproduire cette immensité. À moins de tricher. Ou de mentir. Et la télévision réduisait le ciel géant des bergers à la hauteur du Petit Poucet.

— Peut-être... admit-il. Mais le cinéma pouvait transformer n'importe quel visage en paysage.

Elle se mordit les lèvres.

Il aurait voulu rester là avec elle et lui parler du morceau de film, témoin d'une époque révolue, qu'il avait eu sous les yeux.

Mais elle tendit un doigt vers l'avenue Williams.

— On voit les Tréteaux... indiqua-t-elle. Il n'y a pas de fantômes là-bas. Et personne n'a besoin de creuser pour y entrer. Tu m'y accompagnes ?

Il aurait voulu lui décrire ce drôle de bonhomme main dans la main avec cette fille au milieu de cette route, sur le mur de cette cave, sous le cimetière Haïku, pendant que Holden veillait sur les fleurs et les graviers.

Mais ils descendirent la colline Danang sans échanger un mot de plus.

Il aurait voulu lui détailler la tombe sous laquelle tout se passait, lui citer le nom de Charlie Chaplin, lui révéler les émotions qui suintaient à travers les yeux des gens qui étaient là, lui dire que Fuji ressemblait à un putain de hibou et que des bobines allaient peut-être bientôt se mettre à tourner.

Mais sa gorge devint aussi rêche que du papier de verre quand ils parvinrent sur l'avenue Williams.

Quand il jeta un œil par-dessus son épaule — et qu'il repéra Stoker derrière eux.

Des fourmillements affluèrent dans tout son corps.

— Tu viens ? proposa Emma en le tirant vers le petit théâtre.

Il aurait voulu partager tout ça avec elle.

Mais il secoua la tête.

Et prit la direction de Badwords — Stoker sur les talons et du mauvais sang plein les veines.

23

Ulysse attendait devant les portes du Palais impérial en compagnie de six mastodontes — des vigiles sous ses ordres.

Il leur arrivait au nombril mais semblait cependant les dominer.

Ce nabot dégageait une curieuse force — invisible mais indéniable, une auréole de puissance brute presque palpable, comme si les microscopiques particules de l'air en suspension autour de lui tremblaient.

Ses hommes ne cessaient de gigoter pour tenter de donner le change.

Lui ne bougeait pas d'un poil — seules ses pupilles pivotèrent quand il repéra Falk à l'autre bout de la place Mishima.

Falk se focalisa sur les matraques de ce joli monde et traversa plein de confiance.

— Vous faites aussi office de portier ? jeta-t-il à Ulysse.

— Vous êtes en avance… constata ce dernier — remuant à peine les lèvres.

— Vous aviez pourtant l'air de m'attendre... fit remarquer Falk.

Ulysse hocha imperceptiblement la tête et désigna les mastodontes à ses côtés :

— Attendre est notre métier. Attendre... Et intervenir avant même que ce que nous attendons ne se produise.

Il redevint parfaitement immobile.

Sa froideur, son visage osseux, ses rares gestes vifs mais précis — il évoquait un serpent.

— Vous ressemblez à une vipère... lâcha Falk.

— Est-ce un compliment de votre part ?

— Si vous voulez.

Ulysse mit un certain temps pour digérer l'information.

Ça ne sembla pas lui déplaire — ni même lui plaire cependant.

— Suivez-moi... commanda-t-il enfin. Je vous accompagne.

— Où ça ? se permit Falk.

— Dans les appartements de l'Impératrice.

Falk blêmit — la rumeur disait que les doigts des deux mains suffisaient amplement pour dénombrer les personnes qui avaient déjà eu ce privilège.

Ses bottes martelèrent les dalles du hall jusque devant un ascenseur.

Une nouvelle meute de vigiles alertés par le bruit accourut aussitôt — prête à charger.

Ils rengainèrent leur matraque dès qu'ils aperçurent Ulysse.

Celui-ci leur fit un geste de la main — le même geste que Falk faisait à ses propres équipiers de brigade pour leur indiquer un truc du genre « Restez vigilants pendant que je m'occupe de ce guignol ! ».

Falk lissa paisiblement les trois barrettes sur la plaque de son blouson.

Ulysse appuya sur le bouton de commande de l'ascenseur et tendit le cou pour annoncer dans un micro :

— Ulysse !

La porte métallique coulissa — système de sécurité à empreinte vocale.

— Et quand vous êtes enroué ? demanda Falk.

Pas de réponse.

Ils rentrèrent tous les deux dans la cabine et Ulysse pianota sur le clavier mural.

— Un de mes collègues m'a rapporté que vous étiez capable de fendre des briques à mains nues... dit Falk quand la porte se referma.

Ulysse garda son masque impénétrable pour confirmer :

— Des briques. Et aussi des pierres. À mains nues. Ou avec la tête.

L'ascenseur s'élevait silencieusement.

— Avec la tête... répéta Falk — sans y croire.

— Je cassais des bûches et des plaques de granit avec la tête quand j'avais vingt ans, déclara Ulysse.

Et finalement Falk le crut — parce que personne ne pouvait inventer ça.

— Mais plus maintenant.

— Votre crâne n'est plus assez solide ? plaisanta Falk.

— Ce n'est pas cela. Mais ça me demandait une

énergie dont je me sers aujourd'hui pour des tâches moins anecdotiques.

— Lesquelles ?

— Vous surveiller. Écouter vos conneries. Et y répondre.

Falk sourit. Falk montait vers le domicile de l'impératrice Harmony et il souriait. Falk souriait sans savoir pourquoi l'Impératrice le convoquait si tard dans ses appartements.

L'ascenseur s'immobilisa et la porte coulissa de nouveau.

Devant eux — une vaste antichambre.

Un homme en livrée rouge vint à leur rencontre.

Ulysse se chargea des présentations :

— Voici le capitaine Falk ! Et Iliouchine le majordome !

Celui-ci s'inclina et connecta un interphone.

La voix de l'Impératrice surgit du récepteur :

— Oui ?

— Le capitaine Falk est arrivé escorté par Ulysse, annonça Iliouchine.

— Je ne veux voir que le capitaine ! ordonna l'Impératrice.

Ulysse en perdit son masque — la stupeur lui tordit les traits.

— Faites-le entrer !

Le majordome s'effaça devant Falk :

— Le petit salon est au bout du couloir.

Le couloir — du parquet que firent craquer ses bottes.

Le petit salon — des étagères craquant sous le poids des livres.

— Capitaine Falk…

L'impératrice Harmony était assise sur une table basse.

Elle portait une robe de crépon mauve.

Ses pieds étaient nus.

— Bonsoir.

Les pointes en argent de ses cheveux éperonnaient des feuilles dactylographiées.

— Bonsoir, lui répondit-il.

Elle consultait un dossier du ministère de la Sécurité.

Il cala ses galiscopes dessus — nom du dossier : « Falk ».

— Avez-vous appris des choses sur mon compte ?

— Pas tant que ça.

— Parce que ce dossier est trop maigre ou parce que vous saviez déjà tout ? se permit-il.

— Je connaissais les grandes lignes de votre histoire… dit-elle.

Elle afficha une mine confuse pour préciser :

— Je savais que votre femme faisait partie des victimes du massacre de Paishawan.

Falk ne fut pas surpris — tout le monde savait ça.

Elle changea aussitôt de mine — passant de confuse à menaçante.

— Je savais que vous aviez aussitôt brûlé ses photos. Je savais que vous vous étiez débarrassé de votre télévision bien avant la loi Bradbury. Je savais que la chose dont vous avez eu le plus de mal à vous séparer était le *Minirama* que vous avaient offert vos parents.

Autant de détails — Falk sentit ses muscles se nouer.

Puis — la mine repassant de menaçante à confuse — elle indiqua :

— Mais j'ignorais que vous aviez perdu vos parents aussi jeune.

— J'avais quatorze ans, jeta-t-il sans aucune émotion.

Elle referma le dossier avant de lui indiquer :

— Asseyez-vous.

Une proposition salvatrice — ses jambes ne le portaient plus.

Elle se leva au moment où il se laissa tomber dans un fauteuil et fit un pas vers lui.

Il vit les pans de sa robe mauve se fendre. Il vit un éclair de chair blanche apparaître au-dessus de son genou droit. Il vit briller les ongles vernis de ses pieds nus et le noir de ses cheveux s'abattre sauvagement sur la peau claire de ses épaules et une de ses mains s'ouvrir et se tendre.

— Je suis ravie de vous recevoir, capitaine.

Comme de la soie hérissée de fer barbelé — le contact de leurs mains.

Comme un appel au secours — dans les rêves silencieux de Falk.

— Tout le plaisir est pour moi, Impératrice.

Elle rit :

— Laissons les formules de politesses de côté… Elles ne conviennent ni à votre caractère ni au mien.

Sa gorge déployée. La courbe de ses mollets fins

et gracieux. Ses cheveux se balançant aussi fébrilement que des longes de fouets.

Une photographie innommable resurgit dans la mémoire de Falk — une fille nue, à genoux, la tête renversée, ses longs cheveux noirs traînant sur du linoléum jaune, la bouche luisante, les lèvres entrouvertes ourlées de gelée, toutes les parcelles de son corps offertes, les jambes suffisamment écartées pour laisser voir les deux doigts qu'elle tenait profondément enfoncés dans son vagin.

Les images qu'il incendiait lui revenaient quelquefois en tête sans prévenir.

Il ignorait alors comment détourner les projecteurs qui les éclairaient — et même comment les éteindre.

— Ôtez vos galiscopes ! exigea l'Impératrice.

Il les dévissa avec précaution et ferma les paupières quelques secondes.

Il leva enfin ses yeux nus vers elle mais l'image était toujours là — lui obstruant la vue, se superposant insidieusement sur l'Impératrice, faisant voler sa robe mauve et ouvrant son vagin avec deux doigts.

Une sensation de vertige — la tête qui roulait et le sol qui se dérobait.

Quelque chose sembla se fissurer dans le creux de son ventre.

Il crut perdre ses entrailles.

Mais rien — juste une faille.

Une brèche ouverte par la tentation.

Elle comprit — elle le regarda simplement dans les yeux et elle comprit.

Et elle rit de plus belle.

— Que savez-vous de moi, capitaine ?

— Rien de plus que ce que tout le monde peut lire dans les journaux, répondit-il aussitôt. Rien de plus que ce que vous voulez que les journaux racontent.

— C'est-à-dire pas grand-chose...

Falk déporta son attention vers les étagères de livres pour chasser son indicible vision.

— C'est peut-être mieux ainsi, se permit-il.

Elle cria presque :

— Il suffit d'un livre dans une pièce pour que je me sente à l'abri.

Il leva les yeux vers le plafond — et au-delà du plafond vers le ciel invisible.

— Mon âme est pleine de cicatrices, poursuivit-elle.

Elle baissa la tête — faisant cliqueter les pointes en argent de ses cheveux.

Et murmura :

— Parfois, le soir, j'entends quelqu'un chuchoter dans ma chambre. Je coupe la radio... Mais le chuchotement continue.

Cette confidence balaya les pensées saugrenues qui polluaient le cerveau de Falk.

— Est-ce que je vous ennuie ? demanda-t-elle.

Il s'accorda un temps avant d'affirmer avec sincérité :

— Non. Vous ne m'ennuyez pas.

Elle reprit tout son aplomb pour appeler :

— Alice !

Une vieille femme hideuse apparut.

— Le capitaine Falk va rester dîner avec moi, lui annonça l'Impératrice.

La vieille femme s'inclina et disparut.

Dehors — le bruissement du vent.

Falk tentait de maîtriser sa respiration.

— Comment sont-ils morts ? demanda l'Impératrice.

— Pardon ?

— Comment sont-ils morts ? répéta-t-elle.

Il connecta les bons câbles — la question concernait ses parents.

Il répondit avec une douceur inhabituelle :

— Ils se sont fait tuer au cours d'une manifestation. Ma mère était institutrice et mon père professeur de géographie. Le syndicat des enseignants appelait à manifester pour sauvegarder le système des retraites. Le gouvernement a envoyé le Corps républicain de sécurité pour contrer le mouvement et…

— Je me souviens de cette hécatombe, dit-elle avec une pointe de compassion.

Il hocha la tête et commenta sobrement :

— C'était une époque où les flics ne savaient ni lire ni écrire.

Le corps de son père avait été écrasé contre les grilles du parc Altaï. Celui de sa mère avait été brûlé par les gaz antiémeute. Trois cent soixante-deux cadavres avaient été retrouvés.

Il avait quatorze ans.

— Les choses ont heureusement changé, jugea-t-il.

Tout avait changé — à commencer par le recrutement et la formation des agents.

Il évoqua un souvenir antérieur à ces réformes :

— J'étais le seul agent du commissariat de Changhua à lire des bouquins quand j'ai atterri dans la police…

Ça remontait à vingt-cinq ans.

— Puis il y a eu la Révolution… Et tous les agents de toutes les brigades lisent désormais un nombre incalculable de livres !

Pas vraiment incalculable — un rapport annuel donnait des chiffres.

Un agent de police lisait en moyenne six romans par mois. Trois livres documentaires. Et un ou deux essais. Sans compter les journaux.

— L'ironie, avoua piteusement Falk, c'est que je n'ouvre pratiquement plus de livres depuis que tous mes collègues le font !

L'impératrice Harmony se pencha vers lui — il pouvait sentir son souffle sur sa tempe droite.

Et elle lui caressa les yeux.

24

Priorité — semer Stoker.

Kao plongea dans la foule qui se bousculait maintenant à l'entrée des salles de concert et en émergea hors de vue.

Facile — il courut ensuite jusqu'au carrefour Nabokov en rasant les murs.

Il scruta attentivement les alentours et laissa filer la pression.

Plus de Stoker en vue — Stoker avait bel et bien perdu sa trace.

Des jeunes de son âge dansaient allégrement sur un trottoir — peut-être pas allégrement, peut-être juste pour éviter de croupir, Kao décampa sans le savoir.

Il coupa par le square Buzzati pour atteindre la rue des Romantiques.

Le Rouge et le Noir était un bar pas franchement lumineux — une devanture au rabais et une clientèle qui traînait des pieds.

Kao jeta un œil à travers les vitres du troquet.

Ses nerfs se tendirent comme des filins quand il repéra Chen à l'intérieur.

Il composa aussitôt le numéro de téléphone que lui avait laissé Fuji.

Quelqu'un décrocha — sans rien dire.

Les lignes téléphoniques étaient sous surveillance — prononcer des termes comme « film » ou « image » déclenchait automatiquement un enregistrement des conversations.

— Il est là ! indiqua simplement Kao.

Il raccrocha — et chercha de quoi dîner vite fait sans perdre le bar de vue.

Les snacks du secteur étaient réputés pour leurs nouilles sautées.

Il en commanda un bol aux champignons noirs et les arrosa de sauce au soja et les engloutit en restant debout, alors que le cuisinier manipulait son wok et son écumoire en chantant à tue-tête.

Ses yeux naviguaient entre la circulation et *Le Rouge et le Noir*.

Il consulta sa montre — vingt et une heures.

Attendre le rendait passablement nerveux.

Il se concentra sur les allées et venues des piétons et des véhicules pour éviter de penser à Emma.

Pas facile — il croyait voir son ombre partout.

Seule une image parvint à l'effacer.

Une image et un nom — Charlie Chaplin.

Il revit la route. Il revit les montagnes. Il revit l'homme au chapeau melon et la femme main dans la main dans la lumière.

Badwords disparut. La ville entière disparut. Toutes les couleurs du monde disparurent.

Partout — du noir et du blanc et une palette infinie de gris.

Il sourit.

Puis la fourgonnette glissa le long du trottoir.

Derrière son pare-brise — le visage féodal de Clift.

Kao monta à ses côtés.

— Ils disent que le vent va faire rage ! lui annonça Clift en désignant l'autoradio.

Il écoutait la météo — à fond.

— Je ne me fie jamais à ces prévisions… commenta Kao.

Clift s'esclaffa avec amertume :

— On ne peut jamais les vérifier depuis le fond de notre trou. Mais j'aime les entendre.

Il arrêta cependant la radio et secoua la tête :

— Ça fait à peu près dix ans que je vis sous terre. Je ne sors que de temps en temps, la nuit, pour respirer et regarder le ciel. Sans presque jamais dépasser les murs du cimetière Haïku.

Il se massa la nuque.

— Le paquet est dans la boîte à gants ! finit-il par dévoiler.

Mais il plaqua une main contre le torse de Kao pour le retenir.

— Où est notre camarade ? voulut-il savoir avant tout.

— Dans le bar, répondit Kao le dos collé au siège. *Le Rouge et le Noir.* Là-bas.

Clift retira sa main.

Dans la boîte à gants — juste un livre.

La Soif des mots — un gros bouquin de Kimsoon.

— Sans déconner! se mit à protester Kao. Qu'est-ce que...

— Ouvre-le avant de brailler!

Le livre était creux — il contenait un tas de documents. Des images rouges — des photographies sanglantes à la pelle.

— Maintenant écoute-moi! exigea Clift. Je veux que tu entres dans le bar avec ce paquet pour y rejoindre ton copain! Et je ne veux pas que tu en ressortes avant de savoir où ce zouave a trouvé le morceau de film! Est-ce que c'est clair?

— Très clair.

— Sois aussi discret que possible. Évite de te faire remarquer. Et ne...

— Ça va! trancha Kao. Je fais ça depuis des années!

— Reste quand même sur tes gardes! lui recommanda Clift. Je ne souhaite pas te voir avec un piercing dans les pupilles et un tatouage au fond des orbites.

— Je resterai sur mes gardes.

Clift écarta les pans de sa veste — il portait dessous son armure en écailles et le manche de son poignard dépassait de sa poche intérieure.

— Ne t'inquiète pas. Je m'installerai dans un coin à l'écart pour surveiller ton manège et intervenir en cas de problème.

— Il n'y aura pas de problème! assura Kao.

Il cala le livre sous son bras et sortit de la fourgonnette.

Le bar était à moins de vingt mètres.

Le Rouge et le Noir — du vin et de la fumée.

Chen buvait au comptoir en compagnie de plusieurs personnes.

Sous leur nez — un alignement de verres vides.

Chen faisait de grands gestes désordonnés. Chen avait le teint écarlate et luisant. Chen était complètement ivre.

Kao le salua de la main et s'assit à une table en retrait.

— Mon pote ! le héla Chen en titubant.

Des mecs agrippés au zinc tentèrent de le retenir parmi eux mais tous le lâchèrent quand Clift pénétra à son tour dans le bar.

À cause du chignon au sommet de son crâne ou des angles saillants de son visage — tout le monde se tourna vers Clift et le silence se fit.

— Ma parole... éructa un des ivrognes. Un samouraï !

Tout le monde y alla de son commentaire — le brouhaha reprit de plus belle.

Plus personne ne se préoccupait de Chen qui se dirigeait maintenant vers Kao.

— Mon pote ! répéta-t-il. Je ne suis pas surpris de te revoir aussi vite !

Kao donna un coup de talon dans une chaise pour le cueillir avant qu'il ne se vautre par terre.

— Le truc que je t'ai filé hier t'a forcément foutu la trique ! postillonna Chen à tout-va. Et tu rappliques pour savoir où est le reste !

Kao avait l'impression qu'il hurlait — il colla un index en travers de ses lèvres pour lui faire signe de baisser la voix.

— J'espère que tu as ma came ! beugla cependant Chen.

Clift les surveillait du coin de l'œil tout en trinquant avec les piliers de comptoir.

Kao voulait en finir au plus vite — il fit glisser le livre sur la table.

— Un bouquin ? s'exclama Chen. Qu'est-ce que tu veux que je foute d'un putain de bouquin ?

Plusieurs personnes offusquées par cette déclaration lorgnèrent vers leur table.

— Les documents sont dedans… murmura Kao.

Il empêcha Chen de se précipiter — un coude contre son plexus.

— Arrête de trépigner. Un peu de discrétion serait la bienvenue. Et je te rappelle que tu as une adresse à me communiquer.

Chen glissa néanmoins une main sous la couverture du livre.

Le simple contact avec les images le métamorphosa — ses joues se creusèrent et son menton trembla et ses pupilles se collèrent à ses paupières supérieures et un flot de sueur lui inonda le front.

— Je les sens ! gémit-il en caressant les documents. Je les sens !

Il ferma les yeux — mais ce fut pire.

Il se mit à claquer des dents et fut pris de convulsions et saliva :

— Bon sang !

Kao lui retira le livre des mains.

Chen hurla.

— J'attends ton information… le pressa Kao.

Chen tendit les bras vers lui pour exiger :

— Donne-moi ça !

Tous les regards étaient braqués sur eux.

Un homme voulut intervenir mais Clift agrippa fermement ce dernier par un bras et l'obligea à rester contre le comptoir.

Chen avait la bave aux lèvres. Chen avait les yeux rougeoyants. Chen était parti pour tout foutre en l'air.

— Une adresse et ce livre est à toi... promit Kao.

Mais Chen poursuivit son cirque.

Il bondit par-dessus la table en glapissant :

— Donne ! Donne ! Donne !

— Que se passe-t-il ? tonna quelqu'un.

Kao écarta le livre et saisit Chen par le col et le secoua avec une violence dont il ne se croyait pas capable.

Des filles crièrent et des garçons se levèrent.

Chen vomit alors que Kao continuait de le secouer — projetant des giclées de bile qui firent reculer ceux qui approchaient.

Un serveur bondit sur le comptoir — un lourd tuyau de plomb à la main en vue de rétablir l'ordre.

Clift le retint par le poignet — il serra si fort que le serveur en perdit sa matraque.

Chen s'accroupit pour retrouver son souffle et s'essuya la bouche avec le devant de sa chemise.

— L'adresse ! réclama Kao dans une de ses oreilles.

Le serveur attrapa une bouteille par le goulot et l'abattit sur le crâne de Clift qui fut contraint de le lâcher pour se prendre la tête entre les mains.

— Mme Yang… ânonna Chen.

— Où ? demanda Kao.

— Dans son grenier. Un putain de trésor.

— Où ? répéta Kao.

Le livre était resté sur la table et Chen le couvait du regard.

— 63 rue Steinbeck, finit-il par cracher. À Sentence…

Une main tira Kao par les cheveux — le serveur en furie.

Clift ne prit pas le temps d'ôter les bouts de verre répandus dans ses cheveux ni d'essuyer le mince filet de sang qui lui coulait entre les yeux. Il s'empara d'un haut et lourd tabouret de bar et le souleva comme une batte et cria pour écarter les individus qui obstruaient le passage. L'air siffla quand il balança ce tabouret à la hauteur des hanches du serveur qui se plia en deux et perdit aussitôt connaissance car un de ses reins éclata.

Kao se releva — en panique.

Deux autres mecs se ruèrent sur Clift.

Le samouraï leur fit manger un cendrier en céramique — plusieurs dents giclèrent de leur bouche et le choc les projeta carrément par-dessus Chen et ils s'écroulèrent sur la table.

La table craqua et se renversa.

Et le livre tomba.

Le livre — le livre s'ouvrit en semant les images qu'il abritait.

Du sang et des plaies vives et des corps tronçonnés sous les yeux de tous.

Des cris précédèrent l'affolement général.

Chen se fit piétiner.

Clift empoigna Kao et dégaina son poignard histoire de parer à toute menace.

Ils sortirent au pas de course.

Ils s'engouffrèrent dans la fourgonnette.

Ils démarrèrent fissa et filèrent sur les chapeaux de roue.

— Sentence ! indiqua Kao les dents serrées. Rue Steinbeck !

Clift conduisait tout en tripotant la lame de son poignard.

— Je croyais qu'il ne devait pas y avoir de problème… grinça-t-il.

Kao tapa du poing sur la boîte à gants.

— T'en fais pas, grommela Clift. On tient ce qu'on voulait. Il ne reste plus qu'à se dépêcher !

La fourgonnette traversa Badwords et contourna le square Buzzati pour gagner le centre historique de la ville.

Avenue Montaigne.

Boulevard Dostoïevski.

Rue Steinbeck.

— Au numéro 63 ! montra Kao.

Clift cala la fourgonnette sur le trottoir.

Kao tambourinait déjà à la porte — il la défonça presque.

Un verrou claqua et une vieille femme ouvrit.

Ses yeux tournicotaient dans tous les sens.

Les stigmates de la peur lui marquaient le visage.

— Ils sont toujours là… haleta-t-elle en pointant le plafond. Ils ne sont pas morts… Ils sont encore au grenier... Ils essaient de me dévorer la cervelle... Ils...

Clift la poussa et grimpa les escaliers quatre à quatre.

25

Ils finissaient de dîner.

Alice leur avait servi des ailerons de requin.

— Je n'ai jamais rien mangé d'aussi bon, assura Falk à la vieille cuisinière — et il ne mentait pas.

Elle inclina la tête — son visage tout entier se fripa comme un pruneau.

Falk eut du mal à fixer son hideux sourire — il ne parvenait plus à garder les yeux en place sans ses galiscopes.

— Alice vendait des raviolis frits dans le train que j'empruntais autrefois pour me rendre au lycée... confia l'Impératrice. Elle a connu le règne des triades. Elle a vécu la tyrannie du capitalisme. Mais ses raviolis sont toujours les meilleurs du monde.

Ils avaient mangé sans presque parler.

Hormis le moment où elle lui avait posé cette question :

— Vous souvenez-vous des images que vous avez pu voir ?

— Il y a un film auquel je repense parfois... avait-il répondu sereinement.

Un film noir et violent — que sa femme adorait aussi.

Il avait réfléchi longuement avant de livrer avec embarras :

— Je me souviens surtout d'une scène. Le personnage principal, un flic brutal et borné, était dans un appartement immense qui le rendait minuscule. Il contemplait les mille lumières de la ville par une fenêtre. Et il disait : « Je suis tout seul… »

— Ressemblez-vous à ce personnage ?

Falk avait haussé les épaules sans donner plus de détails — il ne voulait pas s'aventurer davantage sur ce terrain-là.

Il tentait maintenant de regarder Alice sans détourner les yeux et finit par se lever pour aider la vieille femme à débarrasser la table.

— Ne bougez pas ! l'arrêta l'Impératrice. Elle prendrait ça pour une insulte !

— Je n'ai pas l'habitude… s'excusa Falk en se rasseyant.

Il termina son verre de vin blanc avant de préciser :

— Pas l'habitude de rester assis. Ni l'habitude de voir les assiettes et les couverts se ranger sans moi.

Il prit la bouteille et se resservit :

— Ce doit être à force de vivre seul.

L'Impératrice ne dit rien — Falk crut pourtant entendre une question.

Il rapporta brièvement :

— Ça va faire vingt-deux ans.

Elle ne fit aucun commentaire.

— Depuis que ma femme est morte, ajouta-t-il sans émotion tangible.

L'Impératrice devait lire dans ses pensées aussi bien que dans un livre.

Il ne parla pas davantage de sa femme.

Il enchaîna simplement :

— J'ai depuis pris l'habitude de…

Elle fouetta l'espace avec le tranchant d'une main pour l'interrompre :

— Si vous ne perdez pas vos vieilles habitudes, elles vous perdront.

Il interpréta cette phrase comme une invitation — « Venez plutôt vous perdre avec moi ! ».

Elle renversa la tête en arrière et les pointes en argent qui dansaient au bout de ses cheveux cliquetèrent contre le dossier de sa chaise.

La blancheur de sa gorge éclatait sous les yeux de Falk.

Il pensa à quelques-uns des personnages les plus cinglés qu'il avait pu croiser dans la littérature — il pensa à Hank Chinaski, à la fine équipe que formaient Fossoyeur et Ed Cercueil, à Al Molarski, à John Grady Cole et à Chet Pomeroy.

Hank Chinaski éclusait les bars et niquait des étudiantes aux dents gâtées. Fossoyeur et Ed Cercueil faisaient valser les macchabées alors que leurs cicatrices proliféraient comme du lierre. Al Molarski suait sang et eau pour finir comme un chien enragé se mordant la queue. John Grady Cole recevait au moins dix coups de poignard pour une fille dont il ignorait le nom. Chet Pomeroy se clouait une main contre la porte de sa femme avec la crosse d'un revolver en guise de marteau.

Il se demanda si l'un d'entre eux aurait été assez fou pour approcher de l'impératrice Harmony et tendre une main vers son cou et en effleurer la blancheur — Falk lui-même ne mesura pas la folie de ce geste quand il le fit.

Sa main droite ne fit que frôler sa peau, du bout des doigts, il la retira presque aussitôt, mais elle le retint par le poignet et le contraignit à garder sa main là, dans le creux de son cou.

Elle avait fermé les yeux.

Il ne sentait plus sa propre main. Il ne sentait que la pression de sa main à elle autour de son poignet. Sa main qui guidait la sienne. Qui l'appliquait le long des courbes de son cou. Jusque sur une de ses épaules.

De furieux coups de vent — dehors.

Elle se colla à lui et glissa sa main libre dans ses cheveux blancs. Elle devinait la folie qui lui renversait les reins. Elle sentait la peur qui lui faisait perdre pied. Elle plongea la main derrière sa nuque et attira son visage vers le sien.

Ils se heurtèrent au niveau des pommettes et écrasèrent leurs lèvres les unes contre les autres avec tant de fureur que leurs dents se cognèrent.

La bouteille de vin bascula.

Ils se levèrent et une chaise se renversa alors que leurs corps se pressaient.

L'Impératrice griffa son propre bras.

Les pointes en argent dansaient avec frénésie au bout de ses cheveux.

Puis — une sonnerie dans le lointain.

Pas dans le lointain — juste là dans le blouson de Falk.

Une sonnerie — le téléphone mobile de Falk.

Ils se détachèrent dans la confusion.

Falk retrouva ses automatismes — il attrapa son téléphone et décrocha.

Un filet de salive luisait en travers de son menton.

Il tremblait.

Trois secondes plus tôt — sa main était posée sur la poitrine de l'Impératrice.

Ses oreilles vrombissaient.

Il parvint malgré tout à comprendre ce que disait Kaneshiro — « Une urgence à Badwords ! ».

— Je vous attends devant le Palais impérial ! répondit-il.

Il coupa la communication.

Et baissa la tête :

— Je suis désolé.

Elle dissipa le malaise en plaisantant :

— J'ai déjà lu ça dans un tas de bons et de mauvais polars… Le coup du flic interrompu au moment crucial.

— Ça correspond aussi à une réalité, notifia Falk.

Il remit ses galiscopes sur les yeux.

— Ces verres ne suffisent pas à masquer votre trouble ! railla-t-elle.

Elle le précéda jusque dans le vestibule et lui indiqua froidement :

— Iliouchine va se charger de vous raccompagner.

Il acquiesça.

Elle le rappela avant qu'il ne franchisse la porte :

— Capitaine !

— Oui ?

— Vous reviendrez me raconter la mission urgente qui vous empêche de rester en ma compagnie !

Sa robe de crépon mauve. Sa gorge blanche. Ses pieds nus.

— Aussitôt que possible… promit Falk.

Il descendit avec Iliouchine sans échanger un mot et vérifia les fermoirs de ses bottes en traversant le hall pour éviter de croiser le regard d'Ulysse.

Les freins du van crissèrent juste devant le Palais — Kaneshiro dans ses œuvres.

Strummer se mordait les lèvres.

— Je ne veux pas entendre de commentaires déplacés ! grinça Falk en les rejoignant. J'ai simplement dîné avec l'Impératrice !

Le véhicule fendit la nuit en faisant tourbillonner son gyrophare.

— Un échange criminel a mal tourné dans un troquet de Badwords, exposa Kaneshiro. Il paraît que des images se sont répandues sous tous les yeux.

Deux voitures de la Brigade de l'Œil étaient déjà garées en vrac devant *Le Rouge et le Noir* quand ils débarquèrent.

Les badauds agglutinés qui obstruaient l'entrée

de l'établissement s'écartèrent précipitamment dès que Strummer fit ronfler son lance-flammes au-dessus de leurs épaules.

— Et le cordon de sécurité ? vociféra Falk en direction des agents sur place.

Mais ces derniers s'attachaient à réduire en cendres les documents qui avaient glissé aux quatre coins du bar. Des volutes de fumée envahissaient la salle. Des morceaux de papier carbonisés voletaient un peu partout.

Un gars menotté se jetait la bouche en avant sur les images calcinées pour tenter de les sauver.

— Laissez-moi les voir ! braillait-il. Laissez-moi les voir !

Un inspecteur résuma le tableau à Falk :

— Deux terroristes ont fourgué un paquet de camelote prohibée à cet individu...

— Où sont-ils ? demanda Falk.

— Ils ne nous ont pas attendus... Mais on sait qu'ils ont fourgué leur marchandise en échange de quelque chose !

— Quelque chose ? Quoi ?

— Une adresse ! C'est du moins ce que prétendent tous les témoins qui ont assisté à la scène.

— Quelle adresse ?

— Personne ne l'a entendue, déplora l'inspecteur.

Falk étouffa des flammes qui embrasaient une liasse de documents.

Le gars menotté se tapait maintenant le crâne par terre :

— Laissez-moi les voir !

Trois agents le relevèrent et lui plaquèrent la tête contre le comptoir — pyroculis sous tension.

Le gars pleurait-priait-suppliait.

Falk fit un signe — Strummer se précipita et les agents qui s'apprêtaient à lui crever les yeux suspendirent leurs gestes.

Le gars hoqueta.

Falk avança vers lui et le saisit par le cou :

— Regarde-moi !

Le gars leva les yeux — des yeux rougis par les larmes, par la peur et la fumée.

Falk crispa les mâchoires et fronça durement les sourcils — signification : « Je tiens à ce que tu me répondes sans traîner ! »

— Quel est ton nom ? demanda-t-il.

Le gars était en train de se pisser dessus :

— Chen…

— Chen, enregistra Falk.

Il colla ses galiscopes à un centimètre de ses prunelles :

— Ouvre bien tes oreilles car je ne te proposerai ce marché qu'une fois !

— Oui… gémit Chen.

Falk lui montra le verso des images qu'il avait tirées des flammes :

— Ces photos sont à toi… À une condition !

— Oui ! beugla Chen.

— Dis-moi contre quelle précieuse adresse tu as obtenu ces documents !

Le visage de Falk affichait une fermeté sans faille.

— 63 rue Steinbeck ! déblatéra Chen.

Kaneshiro sonna aussitôt la charge sur la fréquence de la Brigade — « Urgence ! Appel à toutes les patrouilles ! 63 rue Steinbeck ! Urgence ! Appel à toutes… ».

Chen approcha le nez des images en implorant :

— S'il vous plaît…

— Tu me prends pour un amateur ? lui cracha Falk.

Il le souleva de terre en l'empoignant par la gorge et le jeta dans le van :

— En route !

26

Des étagères chargées de bobines — des bobines de films à n'en plus finir !

Clift et Kao avaient cessé de respirer.

L'ampoule du grenier ne répondait pas et ils avaient dû retourner un tas de tiroirs dans la cuisine et dans le cellier de Mme Yang avant de trouver une lampe de poche chacun.

Ils avaient déboulé sous les poutres en faisant voler des nuées de poussière et en buttant contre des caisses de pots vides mais ils avaient suspendu tous leurs mouvements dès que les faisceaux lumineux de leurs lampes avaient rencontré les étagères alignées contre les murs.

Là — une des bâches qui recouvraient ces étagères était écartée.

Leurs lampes avaient convergé vers cette brèche et avaient repéré sans difficulté les boîtes rondes et argentées.

Ils étaient restés statufiés — jusqu'à ce que la poussière qu'ils avaient soulevée retombe et ne bouge plus.

— Vous les voyez ? avait glapi Mme Yang depuis en bas.

Ils avaient sursauté.

— Faites bien attention ! avait encore recommandé la vieille femme.

Clift avait prudemment avancé vers les étagères. Il avait calé sa lampe entre ses dents. Et il avait soulevé toutes les bâches.

Les titres s'étaient mis à danser devant eux.

La Grande Illusion, *Citizen Kane*, *Le Voleur de bicyclette*, *L'Aurore*, *Les Sept Samouraïs*, *Intolérance*, *Nuit et Brouillard*, *La Horde sauvage*, *Los Olvidados*, *2001 : odyssée de l'espace*, *À bout de souffle* — sur la tranche des boîtes métalliques.

Des titres inscrits au feutre noir à même le métal ou sur une bande de scotch rouge.

Des tas de boîtes — peut-être une centaine.

— Est-ce que le Diaphragme pourrait ressembler à ça ? murmura Kao.

Clift se frotta vigoureusement le crâne et tapa avec un poing dans une poutre et finit par tirer sur son chignon jusqu'à en avoir mal pour se convaincre de la réalité de la situation.

Il souleva le couvercle de quelques boîtes — elles étaient pleines.

— Le Diaphragme n'est qu'un fantasme issu de l'imaginaire collectif, dit-il. Pas ces bobines. Ces bobines sont bien là à notre portée.

Kao avait les yeux aussi ronds que des cadrans.

Boulevard du Crépuscule, *Le Conformiste*, *La Strada*, *Les Lumières de la ville*, *Il était une fois en*

Amérique, *Blade runner*, *Le Septième Sceau*, *Psychose*, *Hana-bi*, *Raining in the mountain*.

Le faisceau de sa lampe ratissait les étagères en long, en large et en travers.

Zéro de conduite, *Rashomon*, *La Nuit du chasseur*, *Les Cendres du temps*, *Au travers des oliviers*, *Old boy*, *M le Maudit*, *Vidéodrome*, *Duel au soleil*, *Quand la ville dort*, *Oasis*, *Blow up* — Kao en plein rêve.

— Tiens ! s'exclama Clift en pointant le doigt sur l'une des boîtes.

— Quoi ?

— Tu te souviens du morceau de film que tu nous as apporté ?

— Charlie Chaplin… balbutia Kao — impossible de ne pas s'en souvenir.

— Ça devait sortir de cette boîte-là ! annonça Clift. *Les Temps modernes.*

Kao se précipita dessus :

— Je vais en prendre soin !

— On va prendre soin de toutes sans exception ! imposa Clift. On manque de bras et de temps… Mais on va se débrouiller pour les charger dans la fourgonnette le plus vite possible !

Il dégrafa une bâche des étagères. Étala cette bâche sur le plancher. Et entassa une pile de bobines dessus.

Sans faire le tri.

Sans scrupule.

Kao accrocha sa lampe à un clou — en guise de plafonnier — avant de lui prêter main-forte.

La voix aigre de Mme Yang traversa le plancher :

— Qu'est-ce que vous fabriquez ?

Ils refermèrent la bâche en nouant ses quatre coins comme ceux d'un balluchon.

Dedans — *Sans soleil*, *Millenium mambo*, *Le Mépris*, *Les Moissons du ciel*, *La Rivière rouge*, *Rome ville ouverte*, *Apocalypse now*, *À toute épreuve*, *L'Année du dragon*.

Des titres gravés dans la tête de Kao.

Clift souleva cet énorme paquet et dévala les marches de l'escalier en colimaçon. Le déposa à l'arrière de la fourgonnette. Et revint dans le grenier.

Kao empilait de nouvelles bobines sur une autre bâche — *A brighter summer day*, *Faux-semblant, La Griffe du passé*, *Les Griffes de la nuit*, *L'Antre de la folie*, *Pluie noire*, *Breaking news*, *J'ai même rencontré des Tziganes heureux*.

Ils firent plusieurs allers-retours sous les yeux ahuris de Mme Yang.

Contes cruels de la jeunesse, *L'Empire des sens*, *Le Cimetière de la morale*, *Dead or alive*, *Quand passent les cigognes*, *Les 400 coups*, *La Comtesse aux pieds nus*, *Le Dernier des hommes* — ces mots transportaient Kao au-delà de toutes les frontières.

Comme autant de formules magiques irriguant les champs en friche de son imagination — *Nosferatu le vampire*, *Les Rapaces*, *Les Rebelles du dieu Néon*, *Les Contes de la lune vague après la pluie*, *Les Hommes qui marchent sur la queue du tigre*, *La*

Fureur de vivre, *La Prisonnière du désert*, *Les Ailes du désir*.

Il faisait glisser les bobines sur les bâches et jetait les paquetages par-dessus son épaule et courait aussi vite que possible.

— On ne parviendra pas à tout descendre si personne ne vient nous aider ! se plaignit-il en croisant Clift entre deux étages.

— Personne ne peut venir nous aider... déplora ce dernier. Et les bâches ne vont pas tarder à manquer !

Des films débordaient encore de plusieurs étagères — qui aurait pu penser tomber sur une collection pareille ?

Matrix, *Mad Max*, *Il était une fois en Chine*, *La Chinoise*, *La Rage du tigre*, *Les Yeux noirs*, *Zabriskie Point*, *Zatoichi* — les titres commençaient à se mélanger dans la tête de Kao.

— Il ne faut pas traîner ! pressentit Clift.

Kao remonta dans le grenier.

L'intensité de sa lampe faiblissait mais il savait où était ce qu'il voulait.

Là — *Les Temps modernes*.

Il avait mis la boîte de côté.

Il s'en empara et descendit avec.

Mme Yang tournait en rond au milieu de la salle à manger.

Il faillit la renverser en traversant la pièce.

— Ne me laissez pas ici toute seule ! hurla-t-elle.

Il lui indiqua de le suivre.

Elle refusa — elle recula en agitant les mains.

Il la saisit par un poignet.

Elle retroussa les lèvres et tenta de le mordre.

Il vit la rage et la détresse lui inonder le visage. Il aperçut des tourments inconnus au fond de ses yeux. Il devina une frénésie incontrôlable.

La vieille femme était tout simplement folle.

Il la lâcha — il ne pouvait pas la forcer.

Il serra *Les Temps modernes* sous son bras et sortit.

Les bourrasques de vent qui secouaient la rue le contraignirent à rester dans le renfoncement de la porte.

Il chercha Clift — il distingua son chignon devant la fourgonnette.

Son chignon noir et luisant — à la verticale sous un lampadaire.

Clift lui désigna les deux bouts de la rue déserte — « Tout va bien ! »

Kao prit son souffle et se dirigea vers la fourgonnette.

Au même instant — un reflet dans ses pupilles.

Un bleu cru — un gyrophare papillonnant dans la nuit.

Alerte — un véhicule de la Brigade de l'Œil déchirait l'asphalte.

— Clift ! cria Kao.

Pas un véhicule — mais deux, trois, quatre.

Plus encore — et tous à fond la caisse.

Les najas surgissaient de partout.

Puis — des coups de feu.

Du plomb émietta les vitres et la carrosserie de la fourgonnette.

Clift s'accroupit pour ouvrir une portière.

Il grimpa au volant et alluma le moteur.

Kao se faufila à ses côtés sans lâcher *Les Temps modernes*.

Une grenade incendiaire roula sur le tableau de bord — juste sous leur nez.

Et plusieurs rebondirent parmi les films à l'arrière.

Ils se jetèrent dehors.

Kao atterrit à plat ventre sur le goudron — s'écorchant les coudes en cherchant à protéger la boîte du film.

Son regard coula sous la fourgonnette — quatre grenades étaient dessous.

Un souffle brûlant et une tornade de flammes et des projections de copeaux métalliques incandescents quand ça explosa.

Kao se rua droit vers la porte de Mme Yang.

Il entendit les pas de Clift dans son dos — Clift le rejoignait en quatrième vitesse.

Puis à nouveau — des coups de feu.

Du plomb faisant voler le trottoir sous leurs pas. Du plomb ricochant sur les façades. Du plomb déchirant le vent.

Ils pénétrèrent en trombe dans la maison dont ils étaient sortis deux minutes plus tôt.

Des rafales les poursuivirent — perforant la porte dont des éclats de bois voltigèrent dans les cheveux de Kao.

Des pneus crissèrent — un van pila tout près, propulsant des najas juste devant la porte, lance-flammes prêts à cracher.

Seule la porte séparait Clift et Kao du pire.

Et « brawouf ! » — la porte se désagrégea.

Kao se coucha sur *Les Temps modernes*.

Clift le prit par les épaules et le traîna à reculons au pied des marches :

— Monte là-haut ! Et fais-toi la malle !

— Et les films ? s'alarma Kao.

— Fais-toi la malle ! répéta seulement Clift.

Son visage de samouraï exprimait la détermination — il tira son poignard de sa poche et alla se plaquer contre le mur fumant près de l'entrée.

Des najas en combinaisons ignifugées s'engouffrèrent dans l'encadrement de la porte calcinée.

Clift leur barra le chemin en les lardant de vifs coups de lame. Il poignarda tous ceux qui tentaient de franchir le seuil. Et sa silhouette disparut peu à peu dans l'espace saturé de fumée alors que le lino qui recouvrait le sol commençait à fondre.

Kao était déjà à l'étage supérieur. Kao engloutissait déjà les distances à grandes enjambées. Kao gravissait déjà le petit escalier qui menait au grenier.

Les Temps modernes — toujours sous son bras.

Il tâtonna à l'aveugle dans l'obscurité. Mit la main sur un grossier sac de toile. Fourra le film à l'intérieur.

Le sac était suffisamment large pour contenir des boîtes supplémentaires.

Kao en prit deux autres sur une étagère — au hasard.

Pas plus — à cause du crépitement des flammes en-dessous.

La chaleur était partout.

Des lances vomissaient des fournaises dans toute la maison — du sol au plafond.

Déjà — des flammèches s'infiltraient dans le grenier.

Puis — des solives et des pans de plancher s'effondrèrent.

Kao aperçut le niveau inférieur — un brasier.

Clift — une torche humaine.

Son chignon cramait. Les écailles de son plastron cramaient. Toutes les parcelles de ses fringues cramaient.

Seule la lame de son poignard était épargnée par le feu.

Il tournoya en butant contre les murs dont les briques éclataient en milliers de morceaux.

Une odeur de chair brûlée monta jusqu'au grenier.

Kao porta une main à sa bouche. Une gerbe de flammes lui frôla les jambes. Il chercha une issue.

La lucarne — il cala le sac sur son épaule et s'arma d'un tréteau pour exploser la vitre de la lucarne.

Il se faufila sur le toit aussi vite que possible avec le sac.

Le plancher du grenier s'écroula entièrement au même moment.

Un déluge abrasif de poutres et de planches et de lattes qui emporta tout. Les étagères. Et les boîtes de bobines qui restaient.

Les bobines de films — il en restait encore des piles.

Tu ne tueras point, *Impitoyable*, *Guet-apens*, *Shock Corridor* — Kao distingua quelques titres.

Les films tombèrent au cœur de l'immense foyer et s'enflammèrent en le teintant de vert et de mauve.

Kao rampa sur les tuiles et se redressa et fuit l'incendie en courant sur les toits des maisons mitoyennes et grimpa sur une échelle de sécurité et se réfugia au sommet d'un petit bâtiment.

Il pleurait.

Il était sain et sauf mais il pleurait.

Il serra *Les Temps modernes* et les deux autres films si fort contre lui que le sang finit par lui manquer au bout des bras.

27

Les agents qui avaient pénétré dans la baraque venaient de se prendre deux étages sur le coin de la figure — des brancardiers tentaient de les dégager des gravats brûlants.

Falk observait les dégâts tandis que les pompiers se déployaient pour canaliser l'incendie.

Le vent attisait les flammes — elles débordaient par les fenêtres.

Kaneshiro propulsa une vieille femme hors du brasier.

Elle tomba à genoux sur le trottoir.

— Mme Yang ! révéla Kaneshiro. La propriétaire des lieux !

— Vous avez vu leurs dents ? se mit-elle à geindre.

Elle retroussa ses lèvres avec ses doigts et glapit :

— Ils cherchaient toujours à me mordre dans le fond des yeux ! Et leurs pattes ? Vous avez vu leurs pattes ? La taille de leurs griffes ?

Son visage était noirci par une couche de suie. Sa mâchoire inférieure tremblait. Ses yeux tourbillonnaient.

— Elle est complètement marteau… constata Falk.

— Je croyais pouvoir les oublier ! poursuivit-elle. Et je les ai oubliés… Mais pas suffisamment longtemps. Ils sont revenus… Ils ne sont même jamais partis. Ils me mangeaient le cerveau sans que je le sache !

Les galiscopes de Falk glissèrent sur les amas de boîtes de films en pleine combustion — du métal et du celluloïd en train de fondre.

— Cette chaleur et cette odeur me manquaient, commenta Kaneshiro.

Falk approcha d'une fenêtre pour crier en direction des agents qui marnaient entre les flammes :

— Trouvez-moi les corps des deux criminels !

— Que fait-on de celle-là ? demanda un agent au sujet de Mme Yang.

La vieille femme agenouillée par terre joignit les mains :

— Ils se retrouvaient ici pour mettre des films à l'abri… Ils me rendaient folle… Ils cachaient leurs images pestiférées dans le grenier et ils…

— Qui ? la coupa Falk.

Elle le considéra avec étonnement — à croire que le capitaine ignorait ses secrets.

— Les assistants de mon mari ! lâcha-t-elle comme une évidence.

Yang — Falk chercha ce nom dans sa mémoire.

— Ses assistants ?

— Ses assistants… Ses confrères… Ses amis… Les défenseurs du septième art…

Une rafale de vent projeta brusquement une

nuée de braises vers eux — Falk recula par précaution mais la vieille femme ne bougea pas.

— Que sont-ils devenus ? se plaignit-elle.

Kaneshiro dut lui taper dans le dos pour étouffer les flammèches qui embrasaient sa veste.

Elle se contenta de hausser les épaules :

— Ils ont disparu... Ils doivent être morts... Ils ont disparu du jour au lendemain... Et je suis restée seule avec leurs démons pendant tout ce temps...

Les démons brûlaient, maintenant — et le celluloïd dégageait une fumée plus noire que des ailes de corbeau.

Falk empoigna la vieille femme par le visage avant de vociférer :

— Pourquoi n'avoir rien dit ?

— Pourquoi ne m'avoir rien dit sur leur disparition ? lui retourna-t-elle.

Puis elle se mit à brailler :

— Mon mari était cinéaste ! Qu'avez-vous fait de lui ?

Falk la souleva et la poussa dans les flammes.

Elle ne hurla pas. Elle ne se débattit pas. Elle attendit stoïquement que les brandons lui transpercent la plante des pieds pour commencer à grimacer.

La chaleur souleva sa robe et, quand ses jambes cédèrent, son corps sembla sombrer à travers le tissu bouffant qui s'embrasa dans un cri.

— Il y avait un cinéaste de ce nom... dit Kaneshiro.

— Yang ?

— Oui.

— Tu te souviens de lui ?

— Je me souviens d'un de ses films... reconnut Kaneshiro.

Un géant en combinaison ignifugée sortit de la baraque en flammes — Strummer.

Il traînait un corps carbonisé derrière lui.

— Ils étaient deux ! releva Falk. Où est le second ?

— Pas ici ! garantit Strummer. J'ai retourné tous les décombres !

— Il a dû se tirer par le toit ! supposa un de ses collègues.

Falk leva les yeux — un écran de fumée empêchait toute visibilité au-delà du premier étage.

Il aboya :

— Un criminel a pris la fuite ! Je veux que tous les agents encore en état bouclent le périmètre et quadrillent le secteur ! Il faut absolument mettre la main sur cette ordure !

Les équipes s'éparpillèrent — une armada de galiscopes se déployant vers tous les points stratégiques et furetant dans tous les coins.

À l'assaut des couloirs et des escaliers. Des balcons. Des terrasses et des cheminées. Des angles morts.

Falk resta au sol.

Il garda un long moment les toits de la rue en ligne de mire.

Puis finit par secouer la tête.

Il tâta dans ses poches et retourna vers le van.

Chen, les poignets menottés dans le dos, se tenait recroquevillé sur la banquette arrière.

Falk le tira dehors.

— Alors ? éructa le condamné. Vous voyez ? Je ne vous ai pas menti ! Montrez-moi les images que vous…

— Je vais d'abord te montrer autre chose ! cadra Falk en le poussant vers le corps qui gisait au milieu de la chaussée.

La réaction de Chen fut immédiate — un net mouvement de recul.

Falk lui emprisonna la nuque et lui plia les genoux et le força à poser le nez contre les dents noires et brûlantes du cadavre.

Sa question fit trois syllabes :

— Qui est-ce ?

— Je ne sais pas… déglutit Chen.

Falk accentua la pression.

— Je ne connaissais pas celui-là ! se mit à brailler le garçon alors que la chair de son nez commençait dangereusement à chauffer.

— Alors parle-moi de l'autre ! insista Falk — sans le lâcher.

— Vous voulez que je vous dise quoi ?

— Son nom ! Son âge ! Son adresse ! Tout !

— Je ne sais presque rien de lui…

« Frshshsh ! » — son nez en train de frire.

— Il a quinze ans ! balança aussitôt Chen.

— Où peut-on le trouver ?

— Je ne sais pas…

« Frshshsh ! » — sa joue droite.

— Bon sang ! Vous croyez que les mecs qui dealent ce genre de trucs fournissent leur adresse avec ? Sans déconner…

« Frshshsh ! » — son front et ses cheveux.

— Son nom ! exigea Falk.

— Je ne l'ai jamais entendu ! cracha Chen.

« Frshshshshsh ! »

— Il prétend que son grand-père était projectionniste… bredouilla-t-il. Il raconte que son grand-père a été exécuté pendant la Révolution… Je ne sais rien de plus…

Falk le lâcha et redirigea ses galiscopes vers les toits — des agents ratissaient les tuiles.

Chen décolla son visage des mâchoires carbonisées qui lui cuisaient le nez et les tempes.

De profondes empreintes de dents lui marquaient le front. Du sang lui sortait de la bouche. Des lambeaux de chair brûlée se détachèrent de sa pommette droite.

— Montrez-les moi ! supplia-t-il.

Falk sortit la liasse de sa poche — il vérifia que personne ne put surprendre son geste et glissa subrepticement les images entre les mains de Chen.

Le garçon se cala sous un lampadaire pour feuilleter les documents.

Un sourire lui fendit la figure.

Ça ne dura pas.

Des agents accoururent et le bruit de leurs bottes rappela à Falk ses fonctions.

Il assomma Chen sous une volée de gifles aussi lourdes que des bûches et jeta les documents dans le feu.

Un adjoint essoufflé dressa le bilan des opérations :

— Toute la zone a été passée au peigne fin…

— Sans résultat ! résuma Kaneshiro.

Falk consulta sa montre avant de proclamer :

— On lève le camp.

— Vous voulez laisser un terroriste en liberté ? s'étonna un agent.

— Il ne traîne déjà plus dans le secteur, grinça Falk.

Il désigna la baraque investie par les flammes :

— Mais voyez le bon côté des choses ! On vient certainement de réduire en cendres la légende du Diaphragme !

Il fit un signe — deux doigts en V pointés vers les yeux de Chen.

Puis tourna le dos pour contempler les lances des pompiers qui arrosaient les décombres fumants alors que le garçon implorait sa clémence.

28

Le toit sur lequel était réfugié Kao dominait Sentence.

Il vit les najas se replier — ils laissaient apparemment tomber.

Il les avait vus courir sur les toits. Il les avait vus glisser le long des gouttières. Il les avait vus investir les halls et fouiller les balcons.

Trop tard — il avait eu le temps d'emprunter un escalier de service hors de leur vue et de filer loin du pâté de maisons qu'ils assaillirent.

Il était déjà à l'abri quand ils s'étaient aperçus de sa disparition.

Sur le toit du musée de la Soie — au-delà de la rue Steinbeck.

Il revit les boîtes dégringoler dans les flammes, il revit le visage de Clift en train de brûler, il revit les grenades éclater et souffler la fourgonnette chargée de films.

Alien, *La colline a des yeux*, *Ivre de femmes et de peinture*, *Le Temps des gitans*, *Théorème*, *Terminator* — les titres de films n'avaient cessé de défiler sous son crâne.

À plat ventre sur le toit en schiste du musée.

Attentif à tous les bruits, tous les mouvements, tous les fragments de l'espace secoué par les bourrasques de vent.

À guetter le ciel — au cas où un hélicoptère de la Sécurité apparaîtrait.

Une crampe lui froissa la nuque.

Les najas descendaient maintenant en rappel sur les façades pour regagner leurs véhicules et dégager.

Il attendit que les lueurs de leurs gyrophares disparaissent complètement avant de pouvoir retrouver le rythme normal de sa respiration.

Il se mit sur le dos — et attendit encore.

Peut-être une heure.

Il ouvrit enfin le sac de toile et en sortit les trois boîtes.

Pour vérifier. Se convaincre de leur réalité. Les soupeser.

Celle des *Temps modernes* était la plus lourde.

Il plissa les yeux pour déchiffrer le titre des deux autres — *Nuit et Brouillard* et *La Jetée.*

Des images lui revinrent en tête.

La peau de Clift se boursouflant de cloques jaunes et bleues. La vieille Mme Yang sombrant mollement parmi les braises. Chen se tordant alors que les najas lui transperçaient les rétines.

Il dut se mettre un poing dans la bouche pour éviter de hurler.

— Je suis seul… se plaignit-il.

Il composa un numéro sur son téléphone mobile.

Sa mère décrocha à la troisième sonnerie.

Il ne parvint pas à prononcer un seul mot car les sanglots l'étouffaient mais elle le reconnut.

— Kao.

Il hocha la tête pour confirmer — elle ne pouvait pas le voir mais elle comprit.

— Mon enfant.

Elle avait vu le père de Kao partir pour ne plus jamais revenir — abattu par les gardes-côtes. Elle avait vu son propre père disparaître — exécuté par les najas. Elle redoutait encore le pire.

— Ils t'ont pris les yeux ?

— Pas encore… gémit-il.

Un hoquet sourd entrecoupa ses sanglots.

— Ne dis rien ! souffla sa mère.

Il ne dit rien — il aurait voulu lui raconter, il aurait voulu lui citer les titres des films qu'il avait aperçus sur les boîtes, *So close to paradise*, *Les Enchaînés*, *La Règle du jeu*, *Un jour sans fin*, *Jour de colère*, *La Cité des douleurs*, *L'Heure des brasiers*, il aurait voulu lui décrire le bruit des flammes, le plancher en train de s'effondrer, son corps bondissant sur les tuiles à deux doigts de se faire happer par la fournaise, la peur qui lui avait tordu et qui lui tordait encore le ventre, il aurait aimé lui dire qu'il tenait Charlie Chaplin sous le bras, mais il ne dit rien.

Il raccrocha.

Les rues scintillaient en contrebas.

Au loin — la colline Danang.

Il tourna la tête de l'autre côté et repéra l'avenue Williams.

Les Tréteaux — « Il n'y a pas de fantômes là-bas » lui avait indiqué Emma.

Il descendit dans la rue Maïakovski et remonta le boulevard Neruda en rasant les murs.

Son sac heurta un volet — les boîtes métalliques s'entrechoquèrent en provoquant un bruit qui déchira le silence de manière effroyable.

Il cessa de respirer sans toutefois cesser de marcher.

Une heure du matin — la rue Williams était pratiquement déserte.

Il identifia le petit théâtre.

« Personne n'a besoin de creuser pour y entrer » — sauf que la porte était close.

Le sac pesait de plus en plus lourd sur son épaule.

Il enfonça le bouton de la sonnette avant de prendre pleinement conscience de la situation — l'heure tardive, son besoin de repos, le besoin urgent de mettre ce sac en sécurité, la valeur de ces films, les propos venimeux tenus par Emma contre les images, la crainte de venir avec un bagage pareil.

Une voix chargée de fébrilité finit par se faire entendre :

— Oui ?

Il prit quelques secondes avant de répondre — quelques secondes pendant lesquelles il envisagea de laisser tomber ou de foncer tête baissée.

— Je cherche Emma… dit-il.

Des titres étranges resurgirent dans sa tête — *J'irai au paradis car l'enfer est ici*, *Un seul bras les tua tous*, *Apportez-moi la tête d'Alfredo Garcia*, *Pendez-les haut et court*, *Le Jour où le cochon est tombé dans le puits*, *Le Pas suspendu de la cigogne*...

— Qui la demande ?

— Kao.

Des bruits de pas et des chuchotements — derrière la porte.

Un temps — puis le bruit du déverrouillage.

Il entra et on referma aussitôt la porte à double tour dans son dos.

Deux mecs le toisèrent — un balèze avec des lunettes triple foyer et un freluquet en chemise rouge.

— Où est-elle ? voulut savoir Kao.

Les mecs fixèrent les traînées de suie qui lui couvraient les mains et une partie du visage.

Leur vigilance, la pénombre, le confinement de l'atmosphère — ça sentait clairement le regroupement clandestin.

— Elle est en train de répéter, finit par indiquer celui en chemise rouge.

Ils accompagnèrent Kao jusque dans la salle.

Les rangées de fauteuils étaient désertes — hormis une dizaine de personnes installées au premier rang.

Une lumière laiteuse tombait du plafond.

Sur la scène — Emma.

Ses yeux comme des encoches.

Ses lèvres retroussées.

— « Que le monde est grand à la clarté des

lampes. Mais que le monde est petit aux yeux du souvenir. »

Kao retint son souffle.

« La clarté des lampes » — une métaphore évidente.

Emma récitait un texte qui faisait presque ouvertement la promotion du cinéma

Des sanglots dans son jeu.

— « L'oubli de l'extermination fait partie de l'extermination. »

Elle changea de timbre de voix pour livrer :

— « Au tout début, il y a l'histoire de ces deux frères, ils s'appelaient Lumière. »

Les frères Lumière — un écho très net dans le crâne de Kao.

Il sonda sa mémoire.

Les frères Lumière — les inventeurs du cinéma.

Emma semblait être hors d'haleine.

— Bravo ! acclamèrent les amateurs du premier rang.

Kao eut du mal à comprendre ce qui se passait vraiment — mais il comprit.

Il comprit que des militants de son espèce se regroupaient ici le soir pour lutter à leur façon — et il comprit qu'Emma luttait tout simplement dans le même camp que lui.

— Je ne savais pas que tu aimais le théâtre, lui lança-t-elle en sortant de scène.

— Je ne le savais pas non plus… bredouilla-t-il.

— Qui est ce jeune homme ? demanda une voix grave.

Emma répondit avec assurance :

— Un camarade. Il n'y a rien à craindre.

Tous approchèrent pour le détailler avec précaution.

Il tenta maladroitement de camoufler ses mains sales et son gros sac — il ne parvint qu'à attirer davantage leur attention.

Sa colonne vertébrale grinça. Son sang-froid se transforma en bouillon. Ses pulsations cardiaques battirent en surmultiplié.

Mais une femme encore plus affolée que lui sortit précipitamment des coulisses.

— Il s'est passé quelque chose ! hurla-t-elle.

Elle avait une radio dans les bras — elle la tenait comme un trophée.

Elle mit un doigt en travers de sa bouche et poussa le volume à bloc.

Kao savait déjà de quoi il s'agissait.

Fréquence Info — « ... une opération d'une ampleur exceptionnelle. La Brigade de l'Œil a découvert cette nuit un important stock de films dans un grenier de la rue Steinbeck, à Sentence, le centre historique de Taïpen. Les patrouilles, sous la conduite du capitaine Falk, ont mis la main sur plus de quatre cents bobines de pellicule. Deux terroristes étaient en train de les charger dans une fourgonnette lorsque les agents sont intervenus... »

Emma comprit.

Ses yeux naviguaient du sac que portait Kao au noir de fumée répandu sur ses vêtements — puis de ses vêtements à son visage et de son visage à la radio.

— Est-ce que c'est toi ? lâcha-t-elle.

Le présentateur du flash poursuivait sa mélopée — « Un des deux criminels est malheureusement parvenu à fuir en se faufilant sur... ».

— Ils sont en train de parler de toi, n'est-ce pas ?

Ses yeux le criblaient de reproches.

— Ce qui est sûr, c'est que ce sac ne contient pas les œuvres complètes de Kimsoon... dit-il en jetant le sac à ses pieds.

Une réponse nébuleuse qui sonna comme un aveu.

Dehors — le vent fit tanguer un volet.

— Qu'est-ce que ça signifie ? bondit le balèze aux triples foyers.

Kao regarda Emma bien en face.

Se fraya un passage pour éteindre la radio.

Et shoota mollement dans le sac :

— Il y a là-dedans trois bobines de films. Il y a là-dehors toutes les patrouilles de la Brigade de l'Œil à mes trousses. Ça signifie : soit vous me demandez de sortir... Soit vous vous rendez complices de terrorisme en me gardant ici avec ça jusqu'à ce que les choses se tassent !

Personne ne bougea — personne n'y croyait.

Il glissa une main dans le gros sac de toile et en sortit les trois boîtes.

— Non... balbutia le mec en chemise rouge. Je ne veux surtout pas les voir...

Mais il resta les yeux grands ouverts — le visage figé par la stupeur.

Kao fit tourner le couvercle de celle des *Temps modernes*.

Métal contre métal — ça crissa.

Emma suivait chacun de ses gestes avec le plus grand intérêt — incrédule et perplexe.

Il étira un long morceau de film vers la lumière qui éclairait la scène.

Emma ne recula pas d'effroi — bien au contraire.

Ses pupilles ne quittaient pas le ruban de pellicule — et pas un battement de cils ne vint les perturber.

29

Il ouvrit un œil — et pâlit.

Les contours flous de son rêve se superposèrent parfaitement aux contours de la pièce.

La chambre était bien celle dans laquelle il se souvenait avoir sombré tard dans la nuit — la chambre de l'Impératrice.

Il avait quitté une maison en cendres et des flammèches vertes et bleues et une odeur de pellicule fondue pour glisser entre les parois de verre du Palais impérial, pour traverser des cheveux de charbon, pour avaler le parfum de la nuque et des hanches de l'Impératrice.

Sept heures — à sa montre.

Il était seul au lit et aucun bruit ne provenait de nulle part.

Ses souvenirs divergeaient.

La perte de certains fragments de mémoire était un des effets secondaires notoires du Sommastral — toutefois moins durables que les oublis provoqués par l'alcool.

Falk en avait avalé deux gélules avant de se

décider à revenir au Palais pour retrouver l'Impératrice au beau milieu de la nuit.

Des passages lui revinrent — le contact de sa chair et les pointes en argent de ses cheveux lui griffant le dos et les reins.

Il bondit hors du lit mais fut incapable de se rappeler où il avait fourré ses vêtements — et ses galiscopes.

Il tangua mollement au centre de la pièce, complètement nu, les bras ballants.

Sa mémoire se recomposa — il ouvrit la porte de la salle de bains et reconnut ses affaires éparpillées sur les carreaux.

Ses galiscopes traînaient parmi les produits de beauté.

Les épisodes de la nuit défilèrent alors de façon très nette sous son crâne — ses dents cognant contre celles de l'Impératrice, émail contre émail, un choc strident révélant clairement leurs intentions à tous les deux, leurs lèvres se cherchant, leurs mains filant déjà sur des parcelles brûlantes, leurs corps effleurant les murs, deux vagues laiteuses roulant dans l'obscurité, le scintillement des coulées de sueur dans les miroirs de la salle de bains, la chambre transformée en courant d'air, les draps de soie se froissant alors que Falk avait l'impression de se fondre dans un arc électrique.

La précision de ces souvenirs faillit lui faire perdre pied.

Il se retint au lavabo et se passa le visage sous l'eau froide.

Un masque de céramique terne semblait recouvrir ses traits.

Il s'habilla avec une lenteur inhabituelle et se rendit dans la cuisine.

Le sourire hideux de la vieille Alice lui fendit les pupilles :

— Je suppose que vous souhaitez déjeuner ?

Il acquiesça.

Détourna la tête pour emboîter ses galiscopes.

Scruta les lieux — aucune trace de l'Impératrice.

— Où est-elle ? demanda-t-il.

La vieille femme lui répondit sans complexe :

— Je ne me préoccupe pas de le savoir.

Elle remplit un bol de thé avant de préciser :

— Elle attaque chacune de ses journées avant le soleil.

Comme un avertissement dans les oreilles de Falk — « Ne me posez pas davantage de questions sur elle ! ».

Il consulta vaguement l'édition matinale du journal qui était dépliée sur la table.

EXTINCTION TOTALE — sur toute la largeur de la une.

LA BRIGADE DE L'ŒIL A DÉCOUVERT ET INCENDIÉ CETTE NUIT LE NÉFASTE STOCK DE DOCUMENTS INTERDITS QUE LA LÉGENDE CRIMINELLE APPELAIT « LE DIAPHRAGME » — en accroche sous le titre.

Ça ne le détendit pas.

Il avala le thé en s'ébouillantant le gosier et sortit de la cuisine en manquant de renverser Iliouchine.

— Je vous raccompagne ? proposa le majordome.

Falk fila sans lui accorder la moindre attention mais se retrouva bloqué devant les portes de l'ascenseur à reconnaissance vocale — et dut finalement attendre Iliouchine pour pouvoir descendre.

Il aurait voulu savoir pourquoi plus il descendait et plus son abdomen se tordait. Pourquoi ses repères semblaient vouloir foutre le camp. Pourquoi la situation lui échappait. Il aurait voulu savoir si une telle situation relevait de la banalité pour l'Impératrice. Si elle avait l'habitude de renverser ainsi les nuits et si un matin comme celui-là était ordinaire. Ou encore si les sentiments qui le chaviraient signifiaient quelque chose. Il aurait voulu savoir tant de choses. Il aurait voulu hurler. Il aurait voulu injurier l'ampoule du plafonnier. Il aurait voulu poser mille questions au majordome et le secouer suffisamment pour obtenir des réponses.

Mais il ne dit rien — et ne fit aucun geste.

Les portes coulissèrent en silence au niveau du rez-de-chaussée.

Il traversa le hall au pas de course.

Une voix aigre le freina :

— Capitaine Falk !

Ulysse entra dans son champ de vision.

— Bonjour capitaine…

Un sourire narquois lui ouvrait la bouche de biais.

— Vos exploits de la nuit garnissent les colonnes de tous les journaux ! clama-t-il.

Plusieurs personnes suspendirent leur activité et

des regards convergèrent des quatre coins du hall pour se fixer sur Falk.

Il rétorqua avec discrétion :

— Ce ne sont pas mes exploits. C'est un travail collectif. Tous les agents de la Brigade de l'Œil se sont mobilisés et j'ai seulement…

Un gorille de la garde du Palais se mit à battre des mains — et ce fut comme un signal car tout le monde l'imita.

Falk qui pensait pouvoir quitter les lieux sans se faire remarquer en eut pour son compte.

Il se dirigea vers la sortie sous des salves d'applaudissements et ses oreilles bourdonnaient autant que des enceintes saturées quand il arriva dehors et que les plaques de marbre de la place Mishima firent rebondir le soleil dans ses galiscopes.

Ulysse le rejoignit — toujours le même sourire sur la figure.

Ses membres se noyaient dans une ample tenue de lin mais ses gestes gardaient une implacable précision.

Ils restèrent face à face tous les deux à s'observer sans savoir quoi se dire.

Et là — Falk aperçut quelque chose.

À travers le col ouvert d'Ulysse — un motif étrange.

— Vous avez un tatouage sur le thorax… déduisit-il.

— L'Impératrice est au courant ! se défendit aussitôt Ulysse. Elle n'a jamais voulu le voir mais m'a néanmoins accordé le privilège de le conserver.

— Que représente-t-il ?

— Un singe.

— Un singe ? s'étonna Falk.

— Un chimpanzé, rectifia Ulysse.

Il déboutonna sa veste et en écarta les pans — un petit chimpanzé tatoué à l'encre noire apparut sur son torse.

— Je le vois tous les matins en me levant et tous les soirs en me déshabillant ! se félicita-t-il.

— Pourquoi un singe ? ricana Falk — stupéfait.

— Pour ne pas oublier une citation.. lui confia Ulysse.

— Une citation ?

— Oui.

— Puis-je la connaître ?

— « L'homme est un singe immature qui cherche des certitudes. »

La phrase flotta un moment entre eux.

Un moment durant lequel Ulysse perdit son sourire oblique. Un moment durant lequel Falk se débarrassa de ses doutes pour se concentrer sur le sens de cette phrase. Un moment dont cette phrase profita pour enfler et se charger de mille et une significations différentes et contradictoires — avant de disparaître.

— C'est la première fois que j'entends ça... dit Falk.

Ses galiscopes glissèrent sur les vitres teintées du Palais.

— De qui est-ce ?

— Un anthropologue dont j'ai oublié le nom, lui annonça Ulysse.

Falk se mordit les lèvres à plusieurs reprises.

Tourna le dos pour traverser la place.

Et revint sur ses pas.

— Pourrai-je la revoir ? demanda-t-il enfin.

Ulysse reboutonna sa veste — son singe ne pouvait apparemment pas empêcher Falk de poser des questions inutiles.

— Elle vous le fera savoir… lâcha-t-il sans rien garantir.

Falk hocha la tête.

Son cœur tambourinait et son sang semblait déborder.

Il prit la direction du cimetière Haïku.

30

Réveil en sursaut — la peur dans tous ses recoins.

Des crampes au creux du ventre et des courbatures dans la nuque.

La tête sur les films — trois boîtes de métal en guise d'oreiller.

Il avait passé les dernières heures de la nuit avec Emma et ses camarades à observer les images.

— Où sont les couleurs ? avait demandé une voix inquiète devant la pellicule des *Temps modernes*.

Un membre de la troupe avait récité froidement :

— « Au petit matin du XXe siècle, quand les techniques ont décidé de reproduire la vie, c'est avec les couleurs du deuil, le noir et le blanc, que la photographie et le cinéma se sont mis à exister. »

Ils avaient ouvert les bobines de *La Jetée* et de *Nuit et Brouillard* en espérant y trouver le monde tel qu'il était — mais elles aussi étaient en noir et blanc.

Kao s'était concentré sur le visage d'Emma.

Il avait vu ses yeux rétrécir, il avait vu ses cheveux osciller, les images immobiles avaient soufflé sur son visage, les images avaient caressé tous ses contours, Emma avait renversé la tête en arrière et Kao avait voulu jeter des éclairs sous chacun de ses mouvements.

Ils s'étaient endormis sur le parquet de la scène en se collant l'un près de l'autre pour étouffer leurs ombres ou leurs reliefs.

Elle dormait encore quand il se leva.

Elle était allongée sur le ventre, un bras replié dans le dos, les hanches découvertes.

Les autres dormaient éparpillés sur les fauteuils de la salle.

À part le freluquet en chemise rouge — toujours en faction devant la porte.

— Que vas-tu faire ?

Kao énuméra calmement :

— Ne pas vous embêter plus longtemps. Apporter ces films à ceux qui sauront quoi en faire. Tenter de le faire le plus discrètement possible.

— As-tu besoin de notre aide ?

La proposition était une simple politesse — aucun membre de leur troupe ne tenait certainement à se compromettre davantage dans une voie aussi dangereuse.

— J'aurais besoin de l'aide de trois cent mille personnes comme vous… avança Kao. Mais vous en avez déjà fait suffisamment. Merci.

Le mec fila en coulisses et revint avec un large carton vide.

— On se sert de ça pour emballer les costumes.

Ta marchandise sera moins soupçonnable là-dedans.

Quatre stations de tramway le séparaient du cimetière Haïku — Kao avait besoin de passer inaperçu.

Il s'accroupit pour attraper les bobines.

Les Temps modernes. Nuit et Brouillard. La Jetée.

Emma bougea — elle déplia une jambe et bascula sur le dos.

Kao contempla son ventre. La fente étroite de son nombril. L'incurvation de ses côtes. Ses épaules. Son menton. La faille au-dessus de sa lèvre supérieure retroussée.

Il disposa les bobines dans le carton — ça rentrait impeccable.

— Kao.

Elle était réveillée.

— Fais attention… lui dit-elle.

Il souleva le carton en souriant.

Elle le fixa avec intensité et détacha parfaitement les mots suivants pour le mettre en garde :

— Le chasseur est plus fort que le gibier.

Cette phrase le poursuivit jusque dans le tramway.

Le tramway — retour à la réalité de plein fouet.

Le carnage de la veille au soir était sur toutes les lèvres.

Les journaux circulaient de main en main — LE DIAPHRAGME EN CENDRES sur une pleine page.

Mais la nouvelle ne semblait assommer personne.

Au contraire — les visages affichaient « Bon débarras ».

Les gens se félicitaient. Se tapaient dans le dos. S'étreignaient.

Kao descendit de la rame à la station Haïku.

Paranoïa intense — ses yeux pivotaient dans tous les sens.

Il repéra un naja à la sortie du cimetière.

Pas de panique — un van de la Brigade de l'Œil le cueillit sur le trottoir et ses roues l'emportèrent hors de vue.

Kao assura sa prise autour du carton et parcourut plusieurs allées parmi les tombes avant de localiser Holden en train de tailler des rosiers.

Le vieil aveugle tendit l'oreille mais ne parvint pas à identifier ses pas — le poids du paquet modifiait complètement sa démarche.

— Je viens de voir un naja sortir de là ! cracha le garçon.

— Kao ? s'exclama Holden — qui avait immédiatement reconnu sa voix.

— Ouais.

Il en lâcha ses sécateurs — le voile opaque de ses rétines trembla.

— Je viens de voir un putain de naja sortir de ce cimetière ! aboya Kao.

Holden hocha la tête :

— Le capitaine Falk. Sa femme est enterrée ici. Il vient se recueillir sur sa tombe chaque fois qu'il exécute quelqu'un.

— Clift…

Le vieil homme grimaça.

— Ce salaud a transformé Clift en torche humaine ! brailla Kao.

Il revit son visage de samouraï, ses traits aux angles saillants, son chignon, son armure en écailles.

Ses sanglots affluèrent — sans bruit mais ils le secouèrent si violemment qu'il faillit lâcher le carton.

— Qu'est-ce que tu tiens dans tes bras ? lui demanda Holden.

Il le savait — mais il en attendait la confirmation.

— Dis-moi ce que tu as dans les bras ! le pressa Holden.

Kao régula son souffle pour annoncer clairement :

— *Les Temps modernes* de Charlie Chaplin. Et deux autres films.

Il ne put en dire davantage — sa gorge se contracta et des flots débordèrent de ses narines et de ses paupières.

Même les yeux troubles du vieil homme se chargèrent de buée.

— Il y avait tant de films… geignit Kao.

Le bruit de ses larmes orchestra leur marche jusqu'au tombeau sur lequel était gravé *Enigmae Phactor*.

Holden composa une partition de morse avec le bout de sa canne et la dalle en pierre du caveau se descella.

Kao larmoyait encore quand il fut aspiré dans le noir, une main le guida le long de la paroi en ciment, les marches semblaient se dérober sous ses pas, une femme lui parlait, il ne comprenait aucun de ses mots, il vit les néons au gaz et le couloir bardé de tôles, il reconnut l'image que lui avait montrée Clift sur la porte, Devon Aoki dans *Sin City*, il reconnut Fuji dans la pièce du bout, les profondes rides en trapèze sur son front, son nez cassé et ses yeux de hibou.

Il se débattit quand des mains inconnues lui arrachèrent son carton, il s'écroula en arrière, il appela Clift, il appela Holden, mais Clift était mort et Holden restait toujours en surface, alors Kao ferma les yeux, les rouvrit pour observer les lumières instables, des visages pâles étaient penchés au-dessus du sien, peut-être trente ou quarante visages, les visages blafards des résistants enterrés ici depuis des lustres.

Ils regardaient les trois boîtes de bobines répandues à ses côtés, *La Jetée*, *Nuit et Brouillard*, *Les Temps modernes*, ils les fixaient sans bouger et une lueur dansait sur leur visage mortuaire.

Fuji s'agenouilla.

Il prit Kao dans ses bras — et le berça.

Un type en blouse blanche récupéra soigneusement les bobines.

Kao entreprit de parler tout seul.

La violente lumière d'un projecteur s'écrasa sur le mur du fond.

Kao racontait sans cohérence les événements de la nuit — il décrivit les solives enflammées, Chen, les grenades incendiaires sous la fourgonnette, Mme Yang, *Le Rouge et le Noir*, le plancher s'effondrant, la rue Steinbeck, sa fuite sur les toits, les centaines de films entassés dans le grenier, Clift démolissant le serveur, les najas qui déboulent, les najas qui incendient tout.

— On a échoué... avoua-t-il piteusement.

— Non ! lui opposa Fuji en désignant les bobines.

Le type en blouse blanche en installait une sur le plateau du projecteur.

— Il y avait au moins trois cents films.. rumina Kao. Et on en a sauvé trois.

— C'est énorme ! estima une femme qui portait des lunettes sales. Trois films complets ! Alors que nous ne pensions jamais pouvoir récupérer un seul morceau de pellicule il y a encore trois jours !

Le projecteur ronronna — ses courroies et ses pièces tournantes se mirent en marche.

— Clift s'est fait tuer ! cria Kao.

Fuji se massa le crâne et affirma avec conviction :

— Clift aurait fait n'importe quoi pour ramener des images de cette valeur. Il se serait même tué pour moins que ça.

Sur le mur du fond apparut un paysage tranquille — des étendues herbeuses sous un ciel bleu.

Puis les barbelés du camp de Birkenau.

31

Ses galiscopes restèrent rivés sur les taches qui constellaient le pare-brise du van pendant tout le trajet.

La sirène lui manquait — il aurait voulu se noyer dans son tintamarre.

Sa visite au cimetière avait versé du soufre dans son crâne.

Il était venu se recueillir une nouvelle fois devant la tombe de sa femme — la seconde fois en moins de quarante-huit heures.

Chacun de ses passages ici correspondait à une exécution et Holden le savait.

— Épargnez-moi vos commentaires ! lui avait jeté Falk.

Il avait écourté ses prières — il ne pensait ni à sa femme ni à ses victimes.

— On a réduit le Diaphragme en cendres ! avait dit Falk — comme pour tenter de se justifier.

— J'ai entendu ça à la radio… avait froidement déclaré Holden.

Le vieil aveugle avait relevé le nez et avait fait

un pas vers lui avant de signaler avec sa nonchalance coutumière :

— Vous sentez le feu. Vous empestez la cendre. Mais quelque chose recouvre les senteurs de la mort qui vous accompagnent habituellement.

Le voile opaque de ses rétines brillait comme une couche de gelée.

— Une femme a laissé ce matin son parfum sur vous…

Il avait du flair.

— Capitaine ?

— Oui.

— Alliez-vous au cinéma autrefois ? avait-il demandé sans complexe.

— Rarement, avait répondu Falk.

Le vieil homme avait ensuite commencé à soliloquer :

— Je fréquentais le cinéma Oshima. Je me souviens très bien des bandes sonores de certains films. Essentiellement du bruit des flammes…

— Le cinéma Oshima a depuis été reconverti en gymnase ! l'avait coupé Falk. Un lieu bien plus bénéfique pour la santé des jeunes !

— Les jeunes sont pourtant de plus en plus nombreux dans les tombes de ce cimetière ! avait rétorqué Holden.

Il avait désigné une stèle du bout de sa canne pour argumenter :

— Il y a là-dessous un garçon qui est mort le mois dernier. Il avait vingt ans. Il s'est ouvert le ventre avec un cutter. Et dans la tombe voisine trois jeunes filles qui ont sauté ensemble du septième étage de leur résidence universitaire.

Falk avait plaqué ses mains sur les oreilles pour ne pas en entendre davantage :

— Pourquoi me racontez-vous ça ?

— Parce qu'un vieil aveugle de mon espèce n'a plus rien à craindre !

La conversation rebondissait avec une ampleur assourdissante dans sa tête.

Il préféra reconstituer le puzzle de sa nuit.

Les pièces du corps de l'Impératrice s'emboîtaient parfaitement sur le sien et le van qui était venu le cueillir à la sortie du cimetière semblait maintenant survoler les rues.

— On a surveillé McNee ! dit Strummer.

Falk ne comprit même pas.

— Qui ?

Kaneshiro lui secoua un bras :

— McNee ! Le lieutenant de la Criminelle ! On a filé le train de ce connard !

— Oui... se souvint Falk.

— On a exploré son domicile, fouillé sa voiture, surveillé les endroits dans lesquels il se rendait. On n'a pas trouvé une seule image... Mais on a découvert une chose !

Falk émergea complètement :

— Je vous écoute.

— Sa femme est aveugle !

Il jugea cette information sans intérêt.

— Elle s'est fait percer les pupilles par notre brigade... ajouta Strummer.

McNee partageait sa vie avec une femme qui avait enfreint la loi Bradbury — ça ne prouvait rien.

Le van s'engouffra dans le parking souterrain du commissariat central et Falk décolla enfin ses galiscopes du pare-brise.

Il tripota l'ampli de la sirène avant de souffler :

— Faudra faire réparer ça !

Un tapage inhabituel leur parvint.

En haut — une fête.

L'aile nord du bâtiment regorgeait de monde. Les effectifs de la Brigade de l'Œil en pleine euphorie. Et les troupes des autres brigades. Et les commissaires. Et le ministre de la Sécurité. Et des pontes inconnus.

Les événements de la nuit tournaient dans toutes les bouches. Les pages des journaux tapissaient les murs. Des bouchons de champagne volaient. Des verres se brisaient. Et des congratulations. Des félicitations. Des accolades et des bravos.

Falk tenta de traverser discrètement la foule.

Mais des applaudissements résonnèrent — sur son passage.

Puis tout le monde le reconnut et tout le monde battit des mains.

Il pressa le pas et se réfugia dans son bureau et ferma la porte derrière lui.

« Clap ! Clap ! Clap ! » — même là.

McNee était assis sur son propre bureau.

« Clap ! Clap ! » — le jeune lieutenant applaudissait mollement.

— Qu'est-ce que vous foutez ici ? lui demanda calmement Falk.

— Je vous attendais…

— Je suis là.

McNee croisa les bras :

— Les tiroirs de mon bureau ont été retournés. Les sièges de ma voiture ont été sondés. Et toutes les parcelles de mon appartement ont été passées au peigne fin.

Il guettait les réactions de Falk — rien.

— Pour mon bureau et pour ma voiture, je m'en suis aperçu tout seul, parce que le travail n'a pas été fait avec soin. Je ne suis pas aveugle… En revanche, dans mon appartement, c'est ma femme qui s'en est rendu compte. Vos hommes se sont appliqués, mais des disques ont bougé, des livres ont été déplacés, des éléments de la cuisine aussi.

Aucune réaction.

— Ma femme est aveugle ! poursuivit McNee. Mais elle remarque tout ! Ça fait six ans que je suis avec elle et je ne peux jamais rien lui cacher… Alors elle n'a eu aucun mal à repérer les agents qui me suivaient !

Falk ne réagit toujours pas — il attendait la suite.

— Et elle a eu peur ! s'emporta McNee. Elle a eu effroyablement peur ! Parce que les deux agents qui me suivaient lui ont tout simplement rappelé ceux qui lui ont crevé les yeux !

— Je ne vois pas où vous voulez en venir… lâcha Falk.

— Je pourrais vous retourner la même remarque ! Qu'est-ce que vous cherchez ?

— On fait notre boulot : on cherche des images.

— Chez moi ?

— Les propos que vous avez tenus la dernière fois m'ont conduit à penser que vous pouviez abriter des images et…

— Je me moque des images ! hurla le lieutenant de la Criminelle — et plusieurs personnes captèrent sa fureur à travers la porte vitrée.

Kaneshiro surgit dans le bureau mais Falk lui fit signe de ne pas intervenir.

McNee retrouva son calme :

— Vous vous souvenez donc de ce que je vous ai dit la dernière fois ?

Falk confirma en ricanant :

— Vous avez entre autres assuré que mes crimes ne resteraient pas impunis…

— Je vous ai aussi dit que la disparition des images avait engendré la multiplication inquiétante de certains délits ! lui remit McNee en mémoire.

— Sans dire lesquels ! réagit Falk aussi sec. Je connais ce discours flou et alarmiste ! Les terroristes tiennent exactement le même !

Il désigna la fête derrière les vitres de son bureau et abandonna le vouvoiement histoire de mettre la pression :

— Je ne peux que te conseiller de faire attention ! Tu parles comme les ordures contre lesquelles tous les membres de cette brigade luttent sans merci !

Mais McNee ne baissa pas la garde :

— Mon équipe mène aussi son combat !

Il détacha son cul du bureau.

Se planta devant Falk.

Et afficha un sourire pour cracher sans aucune inquiétude :

— Le combat auquel je participe m'a permis de faire des découvertes intéressantes. Je ne crois pas que le moment soit bien choisi, vu l'ambiance, mais l'une de ces découvertes peut m'autoriser à te chier sur la gueule dès à présent, même si tout le personnel du commissariat te considère comme un héros !

Ou McNee était complètement fêlé — ou il voulait à tout prix que son sang gicle du sol au plafond.

Falk dut le protéger pour empêcher Kaneshiro de le décapiter à mains nues.

Des hommes déboulèrent — Strummer et deux ou trois autres et les murs du bureau semblèrent aussitôt rétrécir

McNee vira au pâle mais se contraint à garder son sourire en place :

— Mon équipe livre bataille contre un trafic qui a pris une ampleur démesurée alors que celui des images est devenu insignifiant !

Une faible connexion — entre les cellules de Falk.

— Quel trafic ?

McNee dévoila un peu plus clairement son jeu :

— Un trafic qui s'est accru de façon exponentielle depuis l'élimination des images !

Une lueur — dans le lointain.

— De quoi es-tu en train de parler ? s'impatienta Falk.

— Ce trafic est une pieuvre dont les ventouses étouffent ton propre cerveau ! assena McNee.

Une décharge — Falk ne laissa pourtant rien paraître.

McNee poursuivit en persiflant ouvertement :

— « Les images sont l'opium du peuple » clame l'impératrice Harmony !

— Êtes-vous en train de contester cela ? rugit Lynch.

Le ministre de la Sécurité avait fendu les rangs pour le foudroyer du regard.

— Les images ne sont pas les seules drogues à intoxiquer la population ! se permit de plaider McNee.

— Quelles sont les autres ? insista Kaneshiro.

— L'opium lui-même ! gronda McNee.

L'opium — le principal composant des gélules de Sommastral.

McNee dut jouer des coudes pour sortir du bureau.

Il passa tout près de Falk en lui glissant :

— Tes galiscopes ne masquent pas tes cernes…

Autrement dit — « Je sais que tu es opiomane ! ».

Autrement dit — « Je peux te coffrer quand ça me chante ! ».

Autrement dit — « Lâche-moi la grappe ou je te noie dans la merde ! ».

32

Les enchevêtrements de corps décharnés que les pelleteuses charriaient comme des ordures. Les montagnes de cheveux tondus entassés pour fourrer des oreillers. Les abat-jour en peau humaine.

Nuit et Brouillard.

Le film durait trente-deux minutes — il fut suivi par un silence deux fois plus long quand les néons se rallumèrent.

Des images épouvantables imprégnaient tous les esprits.

Tous les résistants qui occupaient la cave avaient assisté à la projection et aucun regard n'avait pu soutenir la violence du document sans se voiler.

Quatre d'entre eux avaient déjà vu ce film — avant.

Les autres en avaient entendu parler.

Mais Kao — Kao eut le plus grand mal à encaisser.

Dans cette cave, parmi ces hommes et ces femmes, Kao était le seul représentant de « la génération pure », le seul à ne pas avoir connu le cinéma, le seul à ne jamais avoir vu un seul film.

Et là où tous furent bouleversés par le sujet même de *Nuit et Brouillard*, par le témoignage terrible des images de ce film, par les abjections qu'avaient pu commettre les hommes, Kao se demandait en plus si le cinéma correspondait à ça. Si les images avaient la vocation de provoquer de telles douleurs. Si un film était forcément une somme de tourments.

Kao ne fut tout à coup plus certain de comprendre la nécessité de sauver le cinéma.

On lui avait autrefois raconté une histoire.

Celle de la première projection publique — quand les spectateurs avaient bondi de leurs sièges devant un film des frères Lumière, *L'Arrivée d'un train en gare de La Ciotat*, quand le public affolé était sorti de la salle en courant, croyant que le train qui était apparu sur l'écran lui fonçait réellement dessus. En 1895.

Il avait entendu cette histoire tant de fois.

Il avait aussi eu le temps d'imaginer des choses bien plus effrayantes sur un écran — des missiles, des araignées géantes, des mutants aux ailes érectiles, des vagues chargées de pieuvres, des anthropophages affamés sortant de la vase, des météores fouettant la nuit.

Mais pas ça.

Pas les barbelés, pas les chambres à gaz, pas les fours crématoires. Ni les champs vides, ni les fosses surchargées de cadavres. Pas ces rapprochements.

Pas ces corps, pas ces visages, pas ces yeux. Ni ces plans, ni ces mouvements. Pas cette lumière.

Fuji posa une main sur son épaule.

— Est-ce que le cinéma ressemble à ça ? lui demanda Kao — son visage semblait sortir d'un gouffre sans fond.

— À ça et à mille autres choses différentes.

À une armée de fantômes — peut-être. À un baiser échangé comme un mensonge, entre deux portes obscures, par un homme et une femme que tout oppose — peut-être. À des chevaux sauvages, les naseaux couverts d'écume, la crinière secouée par des tourbillons de vent, leurs ombres cruelles s'étirant comme celles de gigantesques et irréductibles créatures au-delà du monde — peut-être.

« Que le monde est grand à la clarté des lampes ! » avait récité Emma.

Pas « grand » — monstrueux.

« Que le monde est monstrueux à la clarté des lampes ! » sc répétait Kao.

Une autre phrase lui revint en mémoire.

— Ma mère dit que le cinéma substituait à notre regard un monde qui s'accordait à nos désirs... souffla-t-il.

Mais *Nuit et Brouillard* ne cadrait pas avec cette définition.

— Le cinéma est plutôt comme une bataille, déclara Fuji.

— Une bataille contre quoi ?

— Contre mille ennemis différents et contradictoires. Contre l'ennui. Contre la frénésie. Contre le quotidien désenchanté. Contre les lendemains qui chantent. Contre les bourrasques qui avalent nos cauchemars. Contre les usines qui broient nos rêves. Contre les laisses invisibles qui nous étranglent. Contre les habitudes qui nous ferment les yeux.

Fuji soupira puis reprit :

— Et dans cette bataille, *Nuit et Brouillard*, avec son texte et ses images implacables, lutte aux avant-postes. Contre l'oubli. Contre les monstres du passé. Contre l'effacement des crimes effroyables de l'Histoire. *Nuit et Brouillard* lutte contre tout cela. Et prouve que le cinéma peut abriter le temps.

Nuit et Brouillard — les deux mots résonnaient lugubrement sous le crâne de Kao.

Il se remémora des titres moins funestes — *Les Ailes du désir*, *Un si doux visage*, *La Dolce Vita*, *À la verticale de l'été*, *A brighter summer day*, *Les Enfants du paradis*, *So close to paradise*, *Au loin s'en vont les nuages*.

Ils avaient fini en cendres.

— *Les Temps modernes* est un film plus réjouissant ! lui assura Fuji.

Un homme et une femme, main dans la main, seuls au milieu de la route, se dirigeant vers les confins du monde.

— Et *La Jetée* ?

Personne ne put lui répondre.

Un type aux joues grêlées consulta les rangées de livres interdits.

Il en tira un dictionnaire dont il tourna un tas de pages avant de repérer *La Jetée* — « Film français de Chris Marker. 1962. Noir et blanc. 29 mn. L'histoire d'un homme marqué par une image d'enfance. Chef-d'œuvre de la science-fiction. Un film d'autant plus vertigineux qu'il est réalisé uniquement à partir de photographies fixes. »

Il lut le paragraphe à haute voix.

Stupéfaction générale — les trois films rapportés par Kao étaient tous en noir et blanc et le dernier ne se composait que de « photographies fixes ».

— C'est l'ironie du sort… commenta Fuji.

Kao était ailleurs.

Entre les ombres électriques et les corps squelettiques, loin, derrière les portes du camp de Birkenau, parmi des ronces de celluloïd. Son grand-père avait peut-être vu *Nuit et Brouillard*, il avait peut-être projeté cette souffrance, la croix de Malte du projecteur Bauer entraînant la bobine sans se soucier des croix gammées. Peut-être que le public fuyait. Peut-être même que les murs chancelaient. Les murs de sa petite bibliothèque de rue portaient des marques. Kao les observait en feuilletant des romans entre les rayons. Sa mère lui disait que des photographies illustraient autrefois les couvertures des livres, les titres s'étalaient désormais sur un fond nu, il les regardait sans ciller.

Des images de membres déchiquetés le prirent en tenaille. Un ouragan de vraies larmes et de vrai sang. Kao se mettait les mains devant les yeux, les doigts comme les barreaux d'une cage, pour ne pas voir les hommes et les femmes ensevelis sous les pentes de la colline Danang. Des boîtes métalliques crissaient les unes contre les autres. Un couvercle coulissa et, sous les arcs aveuglants et les filaments de tungstène incandescents, la lumière et le temps se confondirent.

Là, alors que des solives brûlantes avaient écrasé Clift entre les mâchoires molles du celluloïd, là, sous les allées du cimetière Haïku, dans une cave comble, Kao était là.

Son regard tomba sur un exemplaire du journal *Description* — EXTINCTION TOTALE en titre.

Il en parcourut quelques lignes.

Le nom de Falk lui sauta aux yeux — « Le capitaine Falk a mené cette opération de grande envergure avec une application extrême ».

Il revit les flammes courir sur le plancher du grenier. Il revit la robe embrasée de Mme Yang. Il revit Chen en train de supplier.

— Ce naja a anéanti hier soir tous les films dont vous rêviez... dit-il.

Il en tremblait de colère.

— On a ce flic-là sur le dos depuis toujours ! grinça le type aux joues grêlées.

Kao revit les bobines sombrer dans la fournaise, les étincelles soulevées par millions, les couvercles des boîtes rondes se tordre, le métal qui rougissait avant de se liquéfier, le vert et le violet à la base des flammes, la fumée noire aussi grasse que du cambouis.

Une question résonna :

— Pourquoi Douglas ne nous a pas prévenus ?

— Il ne peut pas toujours le faire, dit Fuji.

— On ne peut pas compter sur Douglas ! vociféra le projectionniste en blouse blanche. Douglas ne se manifeste que quand ça l'arrange ! Il nous alerte une fois de temps en temps alors que Falk ne nous lâche jamais !

— Qui est Douglas ? demanda Kao.

Fuji se massa lentement le front avant de rapporter :

— On a un camarade dans la place. Parmi les flics. À la Brigade criminelle.

Tous le savaient — sauf Kao.

— Mais il ne donne plus signe de vie... s'inquiéta Fuji.

Le type aux joues grêlées abattit un poing contre le mur du fond :

— On doit se débarrasser de Falk !

Kao remarqua que ses joues étaient en fait constellées de marques de brûlures.

— De quelle manière ? questionna un autre.

— Il faut tout simplement le buter !

Cette opinion déchaîna un flot de protestations.

— Nous avons toujours refusé la lutte armée ! contesta Fuji.

— La dictature se lave les mains dans le sang de nos camarades ! dénonça le type.

Peut-être que Clift aurait plaidé en sa faveur — Clift avait brisé les hanches d'un serveur et avait poignardé au moins quatre najas.

Kao préféra consulter le dictionnaire.

Les Temps modernes — « Film américain de Charlie Chaplin. 1936. »

Il n'alla pas plus loin — il s'arrêta sur la date.

— Ce film a plus de cent ans... releva-t-il.

Une femme en examinait la bobine dans un coin de la pièce.

— Matsuda ! l'appela Fuji.

Elle portait des lunettes si sales que Kao se demandait si elle parvenait à voir le bout de ses doigts.

— Oui ? fit-elle sans détacher son attention de la bande qu'elle tournait et retournait en direction des néons.

Fuji lui tendit le fragment de film que Chen avait confié à Kao :

— Il va falloir recoller ça.

— Je m'en occupe, assura-t-elle en saisissant la pièce manquante avec soin.

Kao ne quittait pas la pellicule des yeux

— Et après ? demanda quelqu'un.

Autrement dit — « Maintenant que l'on dispose de films, maintenant que l'on a quelque chose de valable et de capital à projeter, que va-t-on faire ? »

33

La rumeur enflait.

Elle disait que des films avaient survécu. Elle disait que le cinéma ne tarderait pas à prendre sa revanche. Elle disait que des images allaient être projetées cette nuit sur les murs du Palais impérial.

Un cortège invraisemblable de conneries du même genre circulait depuis le début de l'après-midi dans toute la ville.

Et des tracts proliféraient — même au-delà de la ville, sur la rive gauche du fleuve Tanshui, ou encore jusqu'à Paishawan.

Les effectifs de la brigade émergeaient à peine de leur petite fête quand les premiers coups de fil les alertèrent.

Alors que Falk était en train de ruminer. Une épée de Damoclès au-dessus de sa tête — les menaces de McNee. Et une désagréable impression — l'impression que les hommes de sa propre équipe le regardaient avec suspicion.

— Qu'est-ce que ce connard a voulu dire ? avait cherché à savoir Strummer.

Mais Kaneshiro avait clairement compris :

— Tu consommes du Sommastral ?

Sa question avait sonné comme une affirmation.

— McNee raconte n'importe quoi... avait esquivé Falk. Ce connard veut me mettre la pression. Il cherche à détourner notre attention pour continuer à manipuler des documents interdits sans être inquiété...

— On a tous pris des gélules de Sommastral, avait lâché Kaneshiro pour ne pas le faire complexer.

Le Sommastral était catalogué dans les produits stupéfiants — sa consommation était un crime hautement répréhensible.

Falk avait découvert ses vertus hallucinogènes et ses effets assoupissants un soir de déprime il y avait déjà plusieurs années — il ne savait plus exactement combien.

Les agents de la Brigade de l'Œil en dénichaient quelquefois lors de leurs descentes.

Ils devaient mettre les substances suspectes sous scellés. Éventuellement arrêter leurs détenteurs. Et obligatoirement prévenir la Brigade criminelle.

Falk faisait ça à sa manière — il piochait toujours dans la marchandise pour alimenter sa consommation personnelle.

Kaneshiro avalait peut-être une gélule de temps à autre mais Falk en ingurgitait des quantités considérables — au moins suffisamment pour se faire virer des services de police.

Et McNee le savait.

— Tu en prends régulièrement ? s'était inquiété Kaneshiro.

Pas de réponse.

Strummer avait regardé par terre en se frottant le menton — avaler des gélules illicites lui semblait probablement ahurissant.

Falk était resté silencieux jusqu'à ce que le standard transmette les alertes.

« De la propagande terroriste est signalée à Badwords ! »

Une échappatoire pour Falk — il avait aussitôt bondi à l'intérieur du van.

Une menace bien plus inquiétante bourdonnait désormais dans les oreilles de son équipe tout en vrillant ses galiscopes.

Kaneshiro pilait à tous les coins de rue parce que des affiches étaient placardées sur tous les murs.

DES FILMS ONT ÉCHAPPÉ AUX NAJAS.

Le vent soulevait et éparpillait des tas de tracts.

LES IMAGES BOUGENT ENCORE.

Tous les documents portaient la même signature — celle de Fuji.

Personne ne pouvait les ignorer.

Tout le monde les parcourait avec des yeux comme des soucoupes.

Et partout la rumeur se répandait.

Les agents dispersaient les groupes et décollaient les affiches à la spatule. Ils brûlaient les prospectus à tout-va. Ils interpellaient les individus qui en tenaient dans les mains.

La radio de la brigade annonçait des découvertes similaires dans tous les quartiers.

Les tracts avaient même fleuri autour de la Grande Bibliothèque.

Falk sauta presque du van en route pour déchiqueter les bandes de papier qui couvraient les façades du bâtiment, agitant son chalumeau avec une frénésie peu commune, prêt à arracher les yeux des curieux.

Il pensait à elle — glisser sur ses cheveux, glisser sur sa peau, glisser sur le blanc de ses yeux.

Et à McNee — trouver un moyen de se débarrasser de lui.

— Doit-on prendre ça au sérieux ? demanda Strummer.

— Quoi ?

— Ces annonces.

Falk rechargea son chalumeau avec une cartouche neuve de gaz liquide.

— Ça ressemble à de la provocation, jugea-t-il.

Il s'épongea le front. Puis se ravisa :

— Un type nous a cependant filé entre les pattes hier soir. Il a pu emporter une ou deux bobines avec lui…

Soudain — des feuilles tombèrent du ciel.

Les mêmes tracts avec les mêmes mots — quelqu'un en jetait des brassées par une fenêtre du haut de la Grande Bibliothèque.

Des agents se précipitèrent à l'intérieur. Bloquèrent les ascenseurs. Prirent les escaliers d'assaut.

Des marches à n'en plus finir et des portes coupe-feu et une multitude de coursives à tous les paliers.

Falk avait estimé la position de la fenêtre au niveau du quatrième étage.

Il déboula avec Strummer dans un couloir envahi de gamins — et autant de cartables à secouer.

Kaneshiro et une équipe de quatre agents supplémentaires surgirent par une autre porte.

« Fshaouw ! » — des tracts s'enflammèrent.

— Cette porte-là ! indiqua Falk.

Strummer shoota dedans.

Derrière — personne.

— La suivante !

Nouveau coup de botte — la porte projeta une femme dans les airs, la tête à la renverse, son nez semant une courbe sanglante au-dessus de sa trajectoire.

Derrière — une salle comble.

Les étudiants bondirent de leurs chaises.

Falk sentit aussitôt monter leur fureur.

Il leva le pouce et Strummer abattit un de ses poings contre le mur — en disloquant carrément le crépi.

Tous ceux qui avaient l'intention de jouer aux héros reculèrent.

Falk scruta les visages — sans rien déchiffrer.

Ou il avait mal estimé la position de la fenêtre. Ou il avait mal calé ses galiscopes. Ou il avait mal encaissé les dernières heures.

La personne qui venait de balancer des tracts n'était peut-être pas dans cette salle.

Strummer retourna quelques cartables pour la forme.

Une ombre furtive glissa dans les galiscopes de Falk.

Un homme entre deux rangées de livres — un homme qui portait des lunettes noires.

Skrrr ! skrrr ! — Falk fit un signe.

Certains terroristes se grimaient en aveugles pour passer inaperçus mais cette vieille ruse éculée ne trompait plus personne.

Les lunettes sautèrent du visage du bonhomme quand Strummer le sécha en lui abattant un poing en pleine tempe.

Son sac vomit des tracts et des photographies sur le sol.

— Merde ! beugla Kaneshiro.

Il désigna les yeux du bonhomme — deux trous vides.

Déjà brûlés au pyroculis.

— Comment ces misérables peuvent-ils poursuivre leur trafic sans leurs yeux ?

— Leur volonté est aveugle… supposa Falk.

Kaneshiro ricana en secouant la tête :

— Seul l'amour est aveugle !

Ça ne fit pas rire Falk.

— Quelles sont les consignes dans un cas pareil ? attendit Strummer.

— J'en sais foutrement rien… répondit Falk.

Il finit toutefois par tendre un doigt vers la fenêtre.

Strummer écrasa les lunettes noires sous ses bottes et le corps du bonhomme alla se fracturer en autant de morceaux quatre étages plus bas.

34

L'effervescence — Kao la sentait partout.

L'inquiétude aussi — mais surtout l'effervescence.

Aussitôt qu'il déposait des tracts ou qu'il agrafait une affiche.

Les gens s'agglutinaient. Les gens se figeaient devant chaque annonce. Les gens avaient les yeux qui leur sortaient de la tête.

Partout — malgré la présence des najas.

Les najas affluaient — mais les najas ne pouvaient pas être partout.

Les najas dispersaient les attroupements et brûlaient toutes les feuilles qu'ils pouvaient mais la nouvelle se propageait plus vite que leurs flammes.

Les najas ne maîtrisaient plus rien.

Kao le comprit lorsque, dans une rue peu fréquentée du centre-ville, il entendit parler de la projection là où aucun militant n'était encore passé pour diffuser le message.

Fuji et ses camarades avaient visé juste.

Tous avaient défendu la même idée — organiser une projection publique.

Tous avaient exprimé le même désir avec la même soif.

Une évidence — sauf pour Kao.

Kao avait tenté de les refroidir.

Il ne savait pas depuis combien de temps chacun d'entre eux vivait sous terre mais il avait jugé utile de leur rappeler que le monde qui tournait au-dessus de leur tête avait changé. Il leur avait tout bonnement affirmé que la plupart des citoyens ordinaires ne semblaient pas impatients de découvrir ou de retrouver les images. Et il avait décrit la scène à laquelle il avait assisté dans le tramway, la joie des gens qui avaient appris en lisant le journal que le Diaphragme était en cendres, les visages radieux, manifestement émerveillés par l'événement, les commentaires enjoués qui étaient sortis de toutes les bouches.

— La destruction de tous ces films les enchantait ! avait-il craché.

Les résistants avaient eu du mal à entendre ça et certains avaient même refusé de le croire.

Fuji avait levé les bras pour imposer le calme et apaiser les esprits :

— C'est la peur de la répression qui contraint les citoyens à se comporter ainsi. Mais ils perdront ces mauvaises habitudes dès qu'ils verront Charlie Chaplin à la tombée de la nuit. Je leur fais confiance.

— Et ceux de la « génération pure » ? avait soumis un gars. Ils ne savent même pas qui est Charlie Chaplin…

— On peut aussi leur faire confiance ! avait

avancé Fuji avec assurance. Ils sont jeunes et les jeunes sont curieux !

Puis il avait plissé ses yeux de hibou avant de clamer :

— Même les najas en perdront leur venin !

Personne ne l'avait contredit.

Il avait conclu en soufflant :

— Je suis dans ce tombeau depuis plus de vingt ans… Et j'ai envie de sortir !

Son front était froissé par les années. Ses yeux criaient la faim. Ses os craquaient.

Il manifestait simplement son irrépressible et incompressible envie de voir des images perforer la nuit — comme tous ses camarades.

Comme Kao.

Un gars avait rempli les réservoirs de l'imprimante et tous s'étaient lancés dans la conception des tracts et des affiches.

Fuji avait contacté les militants qui œuvraient en surface. Pour les mobiliser. Pour leur annoncer que la lumière danserait le soir même. Pour organiser la diffusion de l'information et la préparation de la projection.

— Où ? avait alors demandé Kao.

— De fidèles camarades tiennent une petite salle de théâtre que tu fréquentes depuis trois jours…

Les Tréteaux — Kao avait senti ses genoux flancher.

— On a des appuis un peu partout, lui avait précisé Fuji. Même là où personne ne le soupçonne. Le directeur des Tréteaux est un vieil ami. Et tous ceux qui fréquentent son théâtre sont avec nous.

— Emma… avait murmuré Kao.

— Oui. C'est une de nos informatrices. C'est notamment grâce à elle que nous avons décidé de te faire confiance.

Kao était sorti du tombeau alors que le ciel commençait à se napper de nuages noirs — orage en perspective.

— Où vas-tu ? lui avait demandé Holden aux portes du cimetière.

— Répandre la nouvelle à travers les rues !

Le vieil homme avait pointé le bout de sa canne contre la poitrine de Kao :

— Crois-tu encore pouvoir me tromper ?

— Non.

— Alors pourquoi me caches-tu que tu vas aussi voir cette fille ?

— Je ne voulais pas t'inquiéter sans raison… avait prétendu Kao.

— Sans raison ?

— Sans raison valable.

— Je ne connais pas de raison plus valable qu'une fille pour causer du souci à n'importe qui ! avait affirmé le vieil aveugle

— N'importe quoi…

Holden avait fermé ses paupières parcheminées sur ses rétines floues avant de lui lancer :

— Je compte sur toi pour me décrire les aventures de Charlie Chaplin une fois que le soleil sera revenu.

Kao avait rejoint la Grande Bibliothèque en gardant ça en tête.

Toutefois — il effectua son boulot sans prendre de précautions particulières.

Il étala et distribua les messages criminels sans se cacher.

Porté par l'excitation qu'il lisait sur la plupart des visages. Par l'espoir qu'il entrevoyait sous les masques. L'impatience qu'il devinait dans les yeux de chacun.

L'effervescence.

Malgré la violence — les najas avaient tout à l'heure défenestré un militant.

Kao se sentait des ailes.

Partout — la population semblait assoiffée de lumière.

Alors que le ciel était de plus en plus noir.

Partout — les mêmes visages et les mêmes sentiments.

Alors que les nuages allaient se déchiqueter.

Cependant — sur l'esplanade de la Grande Bibliothèque.

Des regards hostiles.

À l'encontre des tracts, à l'encontre des gens qui exprimaient leur joie et même à l'encontre des murs et de l'asphalte, comme si des images allaient subitement apparaître sur les façades, comme si la chaussée risquait de libérer des flots de poison.

Trois mecs et deux filles — égrainant des lamentations.

Prêts à exploser.

— Les images précipiteront la fin de notre histoire ! cria l'un d'eux.

Un autre s'agenouilla et se tapa le crâne contre le sol et redressa son front ensanglanté pour se mettre à brailler :

— Le cinéma nous précipitera dans la tombe !

Puis il recommença — les percussions de son crâne contre le sol.

— La lumière est un cortège de pollutions trompeuses qui nous éloignent de notre véritable identité ! s'exclamèrent-ils tous en chœur — ils ne faisaient que citer Kimsoon.

Kao ne tint pas compte de leur sermon.

Il étala un tract juste sous leur nez :

LE CINÉMA EST UN ART VIVANT.

Une des filles se tira les cheveux à pleines mains et en arracha des touffes qu'elle jeta sur lui.

Un autre pitre qui se lacérait le torse avec les ongles se précipita sur le tract et le déchira en gémissant comme un possédé :

— Le cinéma est la réponse des ténèbres !

Kao ne tint pas — il lui attrapa un poignet et le tordit et tira brusquement dessus.

Le bras du guignol se brisa au niveau du coude dans un craquement sec.

Plus un gémissement — mais des hurlements.

35

Le ciel était chargé de nuages aussi lourds que des plaques de fonte.

— Capitaine ! appela Kaneshiro.

Falk traversa l'esplanade — en sueur.

Son collègue poussa deux garçons en avant et fit les présentations :

— Une de nos équipes est tombée sur ces deux bavards ! Jackson et Stoker ! Deux lycéens dont les propos me semblent intéressants !

Les deux gamins affichaient un détachement qui sonnait faux — la même fausse assurance dont se drapaient les citoyens irréprochables face aux forces de l'ordre.

— Faites-en profiter le capitaine ! leur ordonna Kaneshiro.

— On a surpris tout à l'heure un mec de notre classe en train de distribuer des tracts… bredouilla l'un d'eux.

— Pas un de nos camarades ! précisa l'autre.

— Juste un mec qui partage les mêmes cours que nous au lycée Pouchkine…

— Et qui s'immisce parfois dans nos discussions pour défendre les images !

Falk ne saisissait pas le véritable intérêt de leur témoignage — il fixa Kaneshiro sans comprendre.

— Le plus important va arriver, le prévint ce dernier.

L'un des garçons finit par lâcher :

— Ce mec dénonce en permanence le fait que son grand-père se soit fait exécuter parce qu'il était projectionniste…

Skrrr ! skrrr ! — un détail qui fit écho.

Le jeune Chen avait dit exactement la même chose la veille et Falk ne croyait pas au hasard.

— Ça a aussi bourdonné dans mes oreilles quand j'ai entendu ça ! annonça Kaneshiro. Ces deux petits gars détiennent des informations essentielles sur le terroriste qui nous a faussé compagnie hier soir !

— Son nom ! exigea Falk.

— Kao… firent les gamins.

— Kao ?

Un nom peu répandu parmi cette génération — une information extrêmement précieuse.

— Kao, confirmèrent-ils.

Falk décrocha son téléphone mobile :

— Mettez-moi en relation avec le secrétariat général de la Scolarité. Je veux une recherche globale sur le nom de Kao. Un individu de sexe masculin. Âgé de quinze ans. Inscrit au lycée Pouchkine.

Recherche globale — tous les fichiers informatiques liés aux services scolaires allaient être passés en revue.

Fichier de la Sécurité sociale. Fichiers des assurances et des mutuelles. Des bibliothèques. Des associations sportives. Des clubs de loisirs.

Toutes les données recensées dans la vie des élèves. De la plus vague — « Aucun handicap moteur ». À la plus précise — « Dernier livre emprunté en bibliothèque : *Les Fabliaux* de Kimsoon ». Un condensé plus ou moins pertinent du parcours de chacun.

Des bruits de clavier chatouillèrent ses tympans.

— Une seule personne correspond au profil recherché ! avisa la secrétaire à l'autre bout du fil. Kao. Quinze ans. Domicilié 23 rue Dante à Taïpen. Fils de Ziangke-Cheng et Choi-Lee. Père exécuté par les gardes-côtes. Mère blanchisseuse encore en activité dans...

Falk ne la laissa pas finir :

— Faites-moi une sortie papier de la totalité de ce dossier !

Il raccrocha et reprit les deux garçons en ligne de mire :

— Savez-vous où nous aurions une chance de le trouver ?

Le plus grand se mit presque au garde-à-vous pour déclarer :

— Il traîne avec une fille qui fréquente un club de théâtre de l'avenue Williams.

Une indication capitale de plus — comme sur un plateau.

Falk regarda les flammes virevolter parmi les tracts autour de la Grande Bibliothèque.

Brûler cette paperasse ne servait plus à rien — plus personne ne posait les yeux dessus.

Toute la population avait déjà reçu et intégré le message.

Les agents de la brigade ne savaient plus où donner de la tête.

Ils avaient secoué le quartier Italique, ils avaient balayé des rues de Badwords, ils avaient ratissé les artères de Majuscule — ils avaient trouvé des affiches partout, jusque sur une des fenêtres du commissariat central.

Des criminels poursuivaient leur diffusion nauséabonde sans prendre la peine de se cacher.

Et les gens — les gens semblaient attendre la tombée de la nuit avec plus d'intérêt que jamais.

— C'est notre unique piste… cracha Falk. Cet individu nous a échappé la nuit dernière. Il est sans conteste un des maillons de la chaîne terroriste qui déverse ces flots de slogans venimeux. Il doit être en contact avec Fuji. Il sait sûrement où celui-ci se cache. On doit donc tout mettre en œuvre pour tenter de le localiser !

Il passa des ordres par radio — perquisitionner le domicile du suspect, interroger ses proches, organiser la surveillance des lieux où il était susceptible de se rendre.

Son téléphone mobile sonna.

— Capitaine Falk ?

L'impératrice Harmony en ligne — un séisme dans le ventre de Falk.

— Oui.

— Je vous attends dans mon bureau.

Sa voix était plus coupante que du métal.

Il raccrocha et accourut.

Laissant Strummer et Kaneshiro en planque sur l'avenue Williams.

Sans même remarquer la foule hallucinante qui encombrait la chaussée.

— Quelque chose ne tourne pas rond ! tenta de le retenir Kaneshiro.

Mais Falk cavalait déjà vers le Palais impérial.

Des voiles de longs cheveux noirs lui éclataient dans les galiscopes et il entendait cliqueter des pointes en argent alors que son cerveau glissait dans un froissement sur un drap de soie.

Il ralentit pour reprendre son souffle. Regarda les nuages anthracite. Et autour de lui.

Les gens — les gens se dirigeaient tous dans la direction opposée à la sienne.

Les piétons aussi bien que les automobilistes — tous convergeaient vers l'avenue Williams.

Falk accéléra le rythme à contre-courant.

Les mastodontes qui montaient la garde aux portes du Palais le laissèrent passer sans rechigner.

Ulysse le guida dans les étages — muet durant tout le trajet.

La voix de l'Impératrice résonnait à travers les cloisons.

Seul un mot parvint distinctement aux oreilles de Falk — « Intolérable ! ».

— Le ministre de la Sécurité est avec elle, finit par lâcher Ulysse une fois devant la porte du bureau.

Lynch se tenait au milieu de la pièce, tête

baissée, tel un gamin pris en faute essuyant la colère de sa mère.

Elle tournait le dos. Elle avait le front plaqué contre la baie vitrée. Elle observait les files de gens qui ralliaient le centre-ville.

Sur le sol — un tract.

UN FILM ÉCLAIRERA LE MONDE CETTE NUIT.

— Ces prospectus se sont promenés jusque sous mes fenêtres ! reprocha-t-elle à Falk sans lui accorder un regard.

Il para en mentant avec enthousiasme :

— Les hommes de mon équipe viennent de repérer l'individu qui est à l'origine de cette provocation.

Elle garda le front contre la vitre — et Lynch resta immobile.

Falk leur décrivit la piste que représentait le dénommé Kao avant de conclure :

— Cet individu nous mènera probablement tout droit à Fuji !

Un coup de fil chassa les doutes de son esprit.

Kaneshiro — à l'autre bout.

— Il se passe quelque chose ! Un putain de monde est agglutiné devant la salle des Tréteaux ! Et un tas de mecs qui ressemblaient à tout sauf à des amateurs de théâtre ont débarqué avec des colis qui semblaient contenir de l'or en barre ! À croire que tout va se passer ici pas plus tard que tout à l'heure ! Il est temps que tu ôtes la capsule de ta cocotte-minute pour venir faire le ménage !

Il raccrocha sans ciller.

L'Impératrice pivota lentement vers lui :

— Je ne tolérerai pas le moindre film. Je ne tolérerai pas la moindre projection. Et je veux que vous dispersiez toutes les personnes qui sont en train de se regrouper là-bas pour assister à je ne sais quelle horreur.

Sa voix était hérissée de givre.

Il regarda les veines de la ville en contrebas — il repéra quelques gyrophares noyés dans la foule, des équipes débordées, des émeutes.

— Tous les agents de la Brigade de l'Œil sont mobilisés. Mais nos effectifs risquent de s'avérer insuffisants et…

Elle ne le laissa pas finir :

— Réquisitionnez ceux de toutes les autres brigades !

Ses cheveux comme des lanières de fouet.

— La nuit ne va pas tarder à tomber, fit remarquer Lynch — il avait soulevé les yeux pour ausculter le ciel.

— La pluie aussi… dit Falk.

Au même instant — les premières gouttes zébrèrent les fenêtres.

Il orienta ses galiscopes vers le bureau laqué de l'Impératrice.

Dessus — une pile de feuilles dactylographiées.

— Le dernier manuscrit de Kimsoon, lui indiqua-t-elle.

Il se demanda ce que cet ouvrage foutait là avant parution.

Elle en saisit une page et lut froidement :

— « Plus on regardait les images et plus on était

regardé par elles. On les regardait sans voir leurs mensonges. Et elles nous regardaient sans voir notre vérité. »

Un ton glacial — suivi par un ordre qui s'abattit comme un couperet.

— Laissez-moi, maintenant !

Ulysse les reconduisit en bas sans desserrer les lèvres.

Une question démangeait Falk — il ne la posa pas par souci de discrétion.

Le ministre de la Sécurité y répondit pourtant :

— Kimsoon n'est qu'un pseudonyme.

Falk hocha la tête — sans approuver ni contredire.

— Vous avez déjà croisé le majordome de l'Impératrice ? lui demanda Lynch.

— Iliouchine ?

— Oui.

— Eh bien ?

— On raconte que c'est lui qui rédige tous les livres sous le nom de Kimsoon...

— Iliouchine n'est pas aveugle ! contesta Falk.

— Qu'est-ce que ça change ?

Dehors — un éclair fragmenta l'espace.

La pluie faisait luire les dalles de la place Mishima.

Falk renversa la tête en arrière pour disposer ses galiscopes à la verticale sous les gouttes et attendit que son champ de vision se brouille complètement.

— Pourquoi me regardez-vous comme ça ? jeta-t-il à Ulysse.

— Vous me rappelez quelqu'un... répondit ce dernier.

— Qui ?

— Un flic que j'ai vu autrefois dans un film.

Falk laissa dire — il protégea les verres de ses galiscopes avec une main et rit.

Peut-être qu'il entrevoyait le pire. Peut-être que son rire mélangé à la pluie lui permettait de surmonter ses craintes. Ou peut-être que ses convictions s'effritaient.

— Je vous dépose quelque part ? proposa Lynch.

Falk composa le numéro de Kaneshiro.

— On garde les galiscopes rivés sur les Tréteaux ! assura celui-ci. Comme déjà plusieurs milliers de personnes !

— Où est le van ?

— À l'angle de Flaubert et de Williams.

— Envoie Strummer me rejoindre devant dans cinq minutes !

Il monta dans la limousine et transmit sa destination au chauffeur du ministre.

Il remarqua les gens qui se bousculaient. Il remarqua les parapluies ébranchés qui volaient à tout-va. Il remarqua le visage à la fois inoffensif et venimeux de la population.

La voiture se retrouva bientôt bloquée au milieu de la rue Flaubert.

Falk descendit pour rejoindre le van en courant parmi la cohue.

Des sifflets sur son passage. Des éclats de rire. Des insultes.

Il ne réagit pas — il se contenta de courir.

Strummer repoussait à coups de poing les excités qui encerclaient le van.

Fusaient des crachats et des cailloux et des bouteilles.

Quelque chose le heurta au niveau du front — il fut contraint de reculer.

Une centaine de personnes se pressèrent aussitôt contre le van.

Falk fendit la foule en cognant et déchirant tout ce que ses mains rencontraient et fit coulisser la porte latérale du véhicule pour tirer le lance-flammes de son emplacement et « brawouf ! » — il projeta de méchantes langues de feu sur la meute.

Des vêtements en flammes et de la chair cuite et des cris de douleur.

« Brawouf ! » — Falk fit danser le dragon dans toutes les directions.

36

Le projecteur était déjà là quand Kao arriva dans la salle.

Plusieurs personnes se pressaient autour. Pour effectuer les branchements. Procéder aux réglages. Ou simplement pour contempler.

Aux premières loges — Emma.

Et des résistants sortis du tombeau. Pâles et rayonnants. Aussi excités que la foule qui trépignait devant les portes du théâtre.

Matsuda ôta ses lunettes et les essuya avec le revers d'une manche.

Les yeux de Kao naviguèrent.

Sur le projecteur et aux alentours — aucune trace du film.

L'anxiété tapissa ses traits.

Manquait quelque chose — et quelqu'un.

— Où est Fuji ? demanda-t-il.

Tous se tournèrent vers lui — et eurent un brusque mouvement de recul.

Il comprit que quelque chose clochait dans sa tenue.

Il baissa le menton pour examiner son tee-shirt

et remarqua des mèches et des morceaux de cuir chevelu sanguinolents accrochés dessus.

— J'ai croisé des crétins en train de se flageller parce que le cinéma leur faisait peur ! ricana-t-il en balayant les dégâts.

Kao avait brisé le bras de ce dégénéré et, comme si ça ne suffisait pas, pour que les choses soient encore plus claires, il lui avait jeté une pile de tracts à la figure.

On l'avait sûrement vu. On l'avait peut-être reconnu. On avait probablement signalé son identité aux flics.

Mais il avait filé sur un nuage depuis l'esplanade de la Grande Bibliothèque.

Dépassant des groupes euphoriques. Saisissant que tous se rendaient au même endroit que lui. Sentant monter la panique dans les rangs des najas.

Il avait fait mille détours pour prendre la mesure de cette sensation dans tous les secteurs de la ville.

Et il avait atteint l'avenue Williams avec la certitude que le règne des ténèbres vivait ses dernières heures.

Emma creusa le fossé de sa lèvre supérieure — l'amorce d'un sourire.

Un homme au visage grave fit un pas vers lui.

Emma se mordit la lèvre inférieure — une moue qui signifiait « Fais gaffe » ou « Tu peux compter sur moi » et autant de trucs indéchiffrables à son attention.

Kao prit tout.

— Je te présente le directeur des Tréteaux, lui indiqua-t-elle.

L'homme tendit une main — et son visage devint encore plus grave quand Kao la serra.

Un immense panneau blanc couvrait le mur du fond de la scène.

— Où est Fuji ? répéta Kao.

— Il va arriver, dit Matsuda.

Elle remit ses lunettes sur le nez avant de preciser :

— Avec le film.

Dehors — une pluie battante.

— De quel film s'agit-il ? se permit le directeur du théâtre.

— Est-ce que ça a une importance ? lui retourna Kao.

Le directeur hocha la tête :

— Oui.

Il avait plus de quarante ans — il avait connu les images, il avait certainement vu des films, il se souvenait peut-être de quelques-uns.

— *Les Temps modernes* de Charlie Chaplin.

Kao avait lâché ça comme s'il connaissait personnellement ce film depuis toujours.

— Très bien, dit simplement le directeur — et son visage s'illumina.

Emma adressa un signe enthousiaste à Kao.

Dehors — une cohue dont la ferveur parvenait jusque dans la salle.

Un des hommes plantés devant les portes pour empêcher la foule d'entrer se mit à brailler :

— On ne va pas pouvoir les retenir plus longtemps..

— Il est inutile de leur ouvrir sans avoir le film ! imposa le directeur.

— Fuji s'est peut-être perdu, s'alarma un membre de son équipe.

Matsuda secoua la tête pour tenter de tempérer ses propres inquiétudes :

— Il va arriver. Quelque chose a dû le retarder. Mais il est avec plusieurs camarades et rien ne pourra les empêcher d'apporter le film jusque-là.

Dehors — des cris résonnèrent.

Emma prit la main de Kao et l'entraîna à l'étage pour observer le tumulte par une petite fenêtre.

Une affluence incroyable le long de l'avenue — des milliers de personnes.

— Ça devrait impressionner les najas et les effectifs de la Sécurité ! se réjouit Kao.

Emma ne partageait pas son avis :

— Je ne sais pas... Il y a eu tout à l'heure des flammes à l'angle de rue Flaubert...

Un bouquet d'éclairs entailla la nuit et trois ou quatre coups de tonnerre se chevauchèrent et l'averse se mua en déluge.

Puis une sonnerie — dans la poche de Kao.

Il décrocha ardemment son mobile.

Très loin — la voix de sa mère.

— Est-ce que tu as quelque chose à voir avec ça ?

La radio avait dû saturer les ondes pour effectuer son habituel travail de sape.

Kao ne répondit pas.

— Les najas sont derrière toi ! le prévint sa mère.

— Qu'est-ce que tu racontes ?

— Ils sont venus ici me poser des questions sur ton compte !

— Ils ne savent pas à quoi je ressemble... prétendit Kao — pour la rassurer autant que pour se rassurer lui-même.

— Ils savent où tu habites, où tu suis tes études, où tu empruntes tes livres, où tu...

Plus rien — le tonnerre coupa la communication.

La pluie étrillait toujours l'espace.

Kao se contenta de fixer la vitre et Emma crut qu'il regardait la foule agglutinée en contrebas, mais il ne regardait en fait que son reflet à elle, il regardait ses cheveux et ses épaules, son cou, son menton, sa bouche et le fossé qui se creusait au-dessus de sa lèvre supérieure, voilà ce qu'il regardait.

Et ça suffit — elle finit par saisir son regard dans la vitre, ses yeux dans les siens, il suspendit sa respiration, elle posa la tête contre son épaule et ça suffit.

— Le voilà, fit-il remarquer.

Il désigna un crâne nu au milieu de la cohue — un crâne luisant sous la pluie, surplombant deux yeux de hibou, un énorme paquet dans les bras, encerclé par une dizaine de camarades.

Les portes cédèrent et la foule s'engouffra avec Fuji à l'intérieur du théâtre.

— La salle ne pourra jamais contenir autant de monde... murmura Emma.

Kao souleva les haies épineuses de ses cheveux pour la fixer sans obstacle :

— On va enfin voir les mensonges et les vérités du cinéma en face.

Ils descendirent sans prendre le temps de respirer.

En bas — un bordel hallucinant.

Les gens se bousculaient, à l'assaut des fauteuils et des strapontins, les travées débordaient, les murs tremblaient.

Mais aucune colère — uniquement de la bonne humeur.

— On organisera une seconde projection ! hurlait le directeur des Tréteaux à l'attention de ceux qui ne pouvaient pas entrer.

Certains grimpèrent sur la scène pour s'asseoir juste au pied de l'écran — des hommes et des femmes de tout âge, des vieillards et des enfants, des étudiants, des ouvriers, des couples, des familles au grand complet, une fille aux cheveux rouges, un mec avec une canne blanche.

— J'essayais de convaincre Holden de venir avec nous... racontait Fuji pour expliquer son retard à Matsuda.

- Où est-il ? demanda cette dernière.

— Il n'a rien voulu savoir. Il est resté là-bas.

La bobine des *Temps modernes* était déjà chargée sur le bras supérieur du projecteur.

— La séance va commencer ? s'emballa Kao.

Aussitôt — plus un bruit dans le théâtre.

— Il y a un problème... chuchota un technicien.

— Quel problème ? s'inquiéta Fuji.

— Notre câble de sortie audio ne se raccorde pas avec l'équipement sonore de cette salle, déplora le technicien. On ne peut projeter le film que sans le son…

Fuji se retroussa les manches et gagna le piano droit qui trônait dans un coin de la scène.

— Je vais me débrouiller pour accompagner convenablement les images ! proposa-t-il.

Les lumières s'éteignirent.

Dehors — les éclairs redoublèrent.

37

Les flammes avaient parlé — et les trombes de pluie avaient fait le reste.

Il ne restait plus que des corps calcinés autour du van.

Les assaillants avaient reculé en laissant cinq de leurs camarades sur l'asphalte. Ils avaient rejoint la foule qui se pressait contre les portes des Tréteaux. Une foule si dense et si hargneuse que Falk ne prit même pas le risque de lancer les agents de la brigade pour la disperser.

Kaneshiro avait vu juste — « Ça va se passer ici et maintenant ! ».

Mais Falk attendait les renforts avant de mener l'offensive.

Pour occuper le terrain avec un maximum d'effectifs — et ne rien laisser au hasard.

Il prit toutefois les devants en ordonnant à deux équipes :

— Ôtez vos galiscopes ! Mêlez-vous discrètement à la cohue ! Et tenez-moi informé de tout ce qui se passe !

— Je vais me joindre à eux… décida Kaneshiro les yeux étrangement plissés sans ses galiscopes.

C'est alors que les portes s'ouvrirent.

S'ensuivit une ruée invraisemblable, trois ou quatre mille personnes se bousculant sous les abats d'eau, trois ou quatre mille personnes avides, sous le grondement et la lumière aveuglante des éclairs, une déferlante de corps et de visages tentant de pénétrer à tout prix dans ce minuscule théâtre — « À peine deux cents places assises ! » avait-on renseigné Strummer.

Le sol sembla se dérober sous les pieds de Falk.

Il consulta son reflet dans une vitrine sombre. Il consulta son téléphone mobile. Il consulta sa montre.

Les forces de police supplémentaires arrivèrent trop tard — une partie de la foule était déjà à l'intérieur de la salle tandis que l'autre se désagrégeait sous les flots incessants de l'orage.

Falk bouillonnait.

Il décrocha la radio du van pour passer ses directives — positionner des hommes dans tous les coins stratégiques, repousser les curieux qui encombraient encore l'avenue en bravant le déluge, installer les lance-flammes en première ligne devant les portes des Tréteaux.

— Capitaine !

Strummer désigna le pare-brise en miettes du van — une enveloppe plastifiée était calée sous un des essuie-glaces.

Falk contempla vaguement le ciel et le sol couvert de flotte.

Sa tête oscillait.

Il prit l'enveloppe et se réfugia à l'intérieur du véhicule.

Strummer resta dehors.

À guetter les flaques. À éponger le sang qui ruisselait de son front. À laisser la pluie lui tomber dessus comme un marteau.

Falk essuya l'enveloppe avec un revers de manche.

Et l'ouvrit.

Dedans — une photo de lui.

À vingt ans. Sans ses cheveux blancs. Sans ses cernes ni ses galiscopes.

Une femme magnifique à ses côtés — sa femme.

Il crut que ses rétines allaient fondre et faillit se déchirer les paupières en cherchant à les fermer malgré l'armature de ses galiscopes.

Son estomac sembla s'ouvrir en deux et ses lèvres se mirent à trembler.

Il connaissait cette image — elle était sur son bureau du temps où il bossait à la Criminelle.

Une rafale de vent lui fouetta le sang quand Strummer grimpa dans le van.

Il se mordit les joues — des suppositions concernant Douglas tournoyaient sous son crâne.

Douglas avait dû récupérer les images qui traînaient autrefois au commissariat. Douglas avait dû conserver celle-là dans ses archives. Douglas avait dû léguer son héritage à un camarade.

Une avalanche entre ses tempes — et la peur au ventre.

— Quelque chose est inscrit au dos… remarqua Strummer.

Falk retourna la photo.

Des phrases manuscrites au crayon — « La mémoire est une maison ouverte sur le vide. Une maison dont les portes et les fenêtres, jusqu'aux tapisseries, ont été arrachées par le passage du temps. Les souvenirs s'effilochent et disparaissent inexorablement. Restent alors les images, pour les survivants, les images qui permettent aux absents de ne pas être vaincus par l'oubli. Les images sont les derniers vestiges à retenir les disparus près de nous. »

Sans signature.

Les lèvres de Falk tremblaient mais tout le reste de son corps restait de marbre.

Il fixa le pare-brise — un puzzle de verre sans aucune visibilité.

— Capitaine Falk ? crachouilla la radio.

Il fit tomber le pare-brise à coups de poing — et les mitrailles de la pluie s'engouffrèrent à l'intérieur du véhicule.

— Capitaine Falk ? répéta la radio.

— Lui-même ! aboya-t-il dans le microphone.

— Avez-vous eu mon petit message ?

Le lieutenant McNee — Falk reconnut sa voix.

Il laissa tomber la photographie entre ses jambes et exigea sans détour :

— Dites-moi où vous êtes !

— Votre brigade est si désemparée que le ministre de la Sécurité a enjoint aux agents de la Criminelle de vous prêter main-forte… railla McNee. Je fais donc le pied de grue à deux pas des Tréteaux.

— Où ?

— Devant les halles Bakounine. Mais la tempête va bientôt me contraindre à ne pas rester là...

Falk coupa la communication et fit ronfler le moteur.

— Ça ne prendra pas plus de deux minutes ! assura-t-il à Strummer.

Le van pila devant les halles en soulevant des gerbes d'eau alors que les nuages de fonte poursuivaient leur arrosage en rafales.

McNee sourit — pas surpris du tout de le voir arriver aussi vite.

— Mon message ne vous a visiblement pas convaincu...

— Où as-tu trouvé cette image ? mugit Falk.

— Le capitaine Douglas a laissé traîner quelques dossiers. Vous l'ignorez certainement, mais j'étais moi-même hostile aux images avant de le rencontrer, c'est lui qui m'a inoculé le virus et...

Falk empoigna le lance-flammes.

McNee ne chercha pas à fuir — il resta là à ricaner sous les trombes.

— Il faut croire que rien ne vous retiendra. Je vais cependant vous dire une chose : j'ai vu les portraits que vous avez dessinés au fusain sur les murs de votre appartement. C'est ahurissant... Vous ne vous souvenez même plus des traits de votre femme ! Vos souvenirs ne valent plus rien.

Falk voulut absolument éviter d'en écouter davantage — il lui colla le bec du lance-flammes contre une tempe.

McNee garda les yeux ouverts et continua à

délirer — s'adressant à Falk et à Strummer aussi bien qu'aux gens qui se tassaient sous les halles pour éviter la pluie.

— Vous ne possédez aucune véritable image de votre passé ! Vous ne vous voyez même pas vieillir !

« Brawouf ! » — le feu lui engloba la tête entière et liquéfia instantanément son visage.

Son cuir chevelu fondit. Ses dents giclèrent. Sa boîte crânienne éclata.

« Brawouf ! » — la tête de McNee explosa carrément.

Son corps soubresautait alors que la pluie tombait dessus en crépitant et chuintant sans pouvoir le soulager des flammes.

L'odeur de l'essence mêlée à celle de la chair brûlée emplissait l'air.

— Les photographies permettaient-elles de conserver notre mémoire intacte ? demanda Strummer en regagnant le van — les paroles de McNee avaient dû le déstabiliser.

— Chacun de nous possède sa propre mémoire, lui rétorqua Falk. Et là où les images voudraient nous faire croire à une mémoire collective, il y a en fait mille mémoires d'hommes qui promènent leur déchirure personnelle dans la grande déchirure de l'Histoire.

Il dut hurler pour se faire entendre sous le raffut de l'orage.

— Est-ce que ça répond à ta question ?

Strummer hocha la tête.

Falk renifla et cracha à travers le pare-brise.

La photographie était restée sur son siège.

Il la saisit sans la regarder davantage.

Alluma son chalumeau.

Et l'enflamma.

Quand les volutes de fumée qui s'en échappaient se dissipèrent, quand ses inflexibles certitudes cessèrent de vaciller, quand la foudre tomba non loin de là, il pointa un doigt vers les Tréteaux en s'époumonant :

— Il est temps de faire sauter les rouages de cette machine à poison une bonne fois pour toutes !

38

Comme une salve ininterrompue de flèches radieuses dans l'obscurité — le faisceau du projecteur creusait un tunnel vibrionnant au milieu duquel tournoyaient des particules indécises.

Sur l'écran — du flou.

Tous les yeux se brouillèrent mais aucun visage ne se détourna.

Matsuda fit pivoter la molette de l'objectif pour régler la netteté et la première image apparut.

Sur l'écran — une horloge en gros plan.

Les aiguilles de cette horloge indiquaient six heures.

Il était en réalité aux environs de vingt-deux heures mais les cinq cents personnes entassées dans la salle ne se souciaient plus de l'heure et, dès ce premier plan, la plupart d'entre elles crut peut-être qu'il était désormais six heures.

« Charlie Chaplin dans *Les Temps modernes* » annonçait le générique — partout, de la stupéfaction, des acclamations, des cris de joie.

Le cœur de Kao partit en surmultiplié.

« Écrit et réalisé par Charlie Chaplin » — des

hourras, des glapissements, même des encouragements, comme si la pellicule en avait besoin pour continuer à avancer.

Emma souleva les mèches qui lui barraient le front.

« Musique de Charlie Chaplin » — Fuji improvisait avec adresse une mélodie enjouée au piano.

« *Les Temps modernes* : un récit sur la croisade de l'humanité à la poursuite du bonheur » avertit un sous-titre.

La première scène du film montrait un tas de moutons se bousculant pour sortir d'un enclos. De face. En légère plongée.

Aussitôt — l'impression que les moutons fonçaient droit vers le public.

Les premiers rangs s'écartèrent précipitamment pour éviter de se faire piétiner par le troupeau. Les plus jeunes agitèrent leurs bras devant eux en criant. Certains se précipitèrent carrément hors du théâtre.

L'histoire ne faisait que se répéter — l'histoire de la première projection publique, en 1895, *L'Arrivée d'un train en gare de La Ciotat* des frères Lumière.

Kao retint quelques personnes pour les empêcher de fuir.

— Ça ne peut pas franchir les limites du cadre ! lâcha-t-il comme une évidence.

Des gens apeurés balayèrent la salle du regard sans trouver trace des moutons et relevèrent les yeux vers le film avec appréhension.

Le plan suivant était identique au précédent — des hommes se bousculant pour sortir du métro.

Mais les spectateurs retrouvèrent leur calme.

Sur l'écran — une usine immense, des machines gigantesques, des ouvriers se rendant à leurs postes de travail.

Tous les rouages de la chaîne se mirent à tourner, crachant de l'huile et de la fumée, entraînant la rotation d'énormes turbines, actionnant des cylindres dentés, propulsant des tapis automatiques et des pièces mécaniques sous le nez des travailleurs.

Le directeur de l'usine, dans son bureau, faisait un puzzle. Lisait le journal. Buvait un verre. Et, sur un grand écran, surveillait les mouvements de ses machines et de ses employés.

— Charlot ! s'extasièrent quelques spectateurs en voyant apparaître le frêle ouvrier moustachu qui, le long de la chaîne, serrait frénétiquement des boulons.

Des rires quand il se gratta sous un bras et dut rattraper le temps perdu en accélérant le rythme. Des rires quand il percuta le collègue derrière lui. Des rires quand le contremaître vint lui passer un savon.

Et quand une mouche lui chatouilla le nez, quand il coinça sa clé autour d'un écrou et fut emporté par le tapis, quand il abandonna son poste, en proie à une frénésie de gestes convulsifs, avec une démarche de canard désarticulé, secoué de tics incontrôlables — des éclats de rires secouaient la totalité du public.

Kao exultait.

La tête traversée par de plates mais joviales

constatations — « Voilà », « Le cinéma est là », « C'est donc ça ».

Emma riait.

Le directeur des Tréteaux riait.

Fuji pianotait un air endiablé en riant à gorge déployée.

Sur l'écran — Charlot se réfugia dans les toilettes.

Il se dégourdit un peu. Secoua fébrilement les jambes. Alluma une cigarette.

Quand, sur un écran de contrôle, sur le mur des toilettes, apparut subitement le directeur de l'usine.

Charlot sursauta — et toute la salle sursauta avec lui.

Le directeur pointa un doigt accusateur dans sa direction pour le rappeler à l'ordre.

Cette scène aurait pu sonner comme un avertissement dans la foule des spectateurs — mais personne ne l'interpréta ainsi.

Absolument tout le monde riait.

Puis — le feu arriva.

En masse.

Les flammes surgirent comme un véritable torrent — dans leur dos.

Des langues incendiaires fusèrent sur le sol et se faufilèrent sous les sièges.

Sur l'écran — Charlot regagnait tranquillement son poste.

Dans la salle — l'embrasement fut immédiat.

Les flammes embrasèrent la moquette. Les flammes embrasèrent le tissu et le bois des fauteuils. Les flammes embrasèrent les chaussures, les sacs, les vêtements et les chevelures.

Un cri — aussitôt relayé et dépassé par plusieurs autres cris.

Emma et Kao restèrent figés debout à leur place contre le mur.

Ressassant l'inévitable ou recherchant une faille par laquelle se glisser — sans se lâcher la main.

La plupart de ceux qui ne brûlaient pas encore se réfugièrent dans le fond de la salle.

Sur la scène — dos à l'écran.

Face au projecteur — le film continuant à défiler sur leurs visages éberlués.

Les flammes bondirent sur le piano et grimpèrent le long des rideaux et engloutirent tout.

En quelques secondes.

La température monta de plusieurs crans.

L'air devint irrespirable.

Des craquements assourdissants colonisèrent l'espace.

La fuite par les coulisses s'avéra impossible — l'incendie les ravageait aussi.

Kao haletait.

Emma ne bougeait pas.

Partout — les najas propageaient le feu.

Leurs silhouettes apparaissaient de temps à autre derrière le rideau incendiaire.

Aucune issue — même au-delà des flammes.

Des gens se jetèrent malgré tout à travers mais ils s'écroulèrent dans les bras mêmes du foyer.

L'écran se gondola — et prit feu à son tour.

Le visage ahuri de Charlot disparut alors que plus personne ne le regardait.

Quelques spectateurs parvinrent à franchir le

brasier mais les najas en combinaison ignifugée les repoussèrent en les aspergeant de liquide comburant à bout portant.

Là — un visage méconnaissable.

Là — des bras cramoisis tendus vers nulle part.

Là — des corps rigides enveloppés sous une couche de charbon.

Celui de Fuji se dispersait en copeaux noirs sur le piano.

Kao gardait les yeux rivés sur la lumière tremblotante du projecteur.

La bobine du film tournait encore — les images perdues dans le chaos.

Il approcha de l'appareil en frôlant les murs alors que le feu ne cessait de progresser et que des cris stridents ricochaient sur les braises.

Mais des étincelles fusèrent et le fil de la pellicule cassa et la bobine se dévida comme un serpentin au milieu des flammes.

Des flammes vertes et une fumée noire aussi grasse et épaisse que du cuir.

Kao se mordit les lèvres et plongea vers le film incandescent. Pour endiguer le feu. Pour sauver des morceaux. Ou simplement pour en finir.

Il tomba à genoux dans le celluloïd fondu.

La toile de son pantalon et sa chair se calcinèrent instantanément et une de ses rotules se déboîta sous l'effet de la chaleur.

Emma planta ses ongles dans son poignet pour le retenir — « Je suis là » ou « Ne te perds pas sans moi » ou tout à la fois.

39

Toujours cette odeur dans les narines — l'essence, les brûlures, la douleur.

Falk contemplait le grand incendie.

Partout — des flammes et du poussier.

— Ces salopards ont bien l'intention de projeter des images ! avait transmis Kaneshiro depuis l'intérieur de la salle.

Falk avait écouté ça sans surprise — alors que de la musique accompagnait la voix de son collègue.

— As-tu repéré Fuji ?

— Il est installé au piano sur la droite de la scène… avait indiqué Kaneshiro. Bon sang ! Ça y est ! Un putain de film est en train de défiler !

— Tâche de sortir rapidement de là, lui avait conseillé Falk. Je vais ordonner l'assaut dans trente secondes. Débrouille-toi comme tu peux pour faire passer le mot aux agents autour de toi. Et déguerpissez. Ne cherchez pas à vous abriter dans un endroit quelconque car absolument tout va brûler.

Il avait raccroché sans inquiétude.

Moins de trente secondes après — les portes du

théâtre s'étaient ouvertes et une cinquantaine de personnes s'étaient ruées dehors.

Essentiellement des jeunes affolés par les mouvements nocifs du cinéma.

— À terre ! leur avait imposé les agents en première ligne.

Le seul à rester debout fut Kaneshiro — il revissa aussitôt ses galiscopes pour se faire identifier.

Il tombait des trombes.

Les caniveaux charriaient des torrents.

Le macadam de l'avenue luisait comme un méchant miroir.

Puis — Falk avait lancé l'assaut.

Un flamboiement brutal. Une combustion immédiate. Une destruction totale.

Les Tréteaux n'étaient désormais plus qu'un vaste brasier.

Quelques-uns des agents qui avaient infiltré la foule avaient dû périr dans la fournaise.

Tant pis — la satisfaction pouvait se lire sur le visage de Falk.

— Est-ce que ça va mieux? demanda-t-il à Strummer.

Ce dernier redressa la tête:

— Ça va. Je suis désolé. Je ne comprends pas ce qui m'est arrivé.

Au cœur de l'assaut — Strummer était resté paralysé devant le film.

Tout avait chancelé autour de lui.

L'impression que ses yeux étaient happés par les images. Que le prisme de ses galiscopes déformait les dimensions. Que son ventre s'ouvrait et que ses dents se déchaussaient.

Tout avait semblé chavirer — même ses convictions.

Falk avait dû lui infliger un coup de matraque dans le dos pour le faire émerger.

— Je ne comprends pas, répéta Strummer.

— Ce n'est rien, lui jeta Falk. C'est fini, maintenant.

Le théâtre brûlait des fondations à la toiture — et dégageait une fumée noire si grasse et si épaisse que la pluie parvenait à peine à la traverser.

Juste une question de minutes avant que tout ne s'effondre et ne se transforme en tas de braises.

— Reste pourtant un problème… avança Kaneshiro.

— Lequel ?

— On a seulement trouvé une bobine de film et un projecteur. Rien de plus.

Des agents dont les combinaisons ignifugées étaient couvertes de suie confirmèrent :

— Pas davantage de matériel compromettant, aucune trace de photographie, pas le moindre document interdit… Ce qui signifie que le stock des images terroristes est entreposé ailleurs.

Un opaque nuage de cendres engloutissait l'avenue Williams — aucune visibilité.

Falk observa les silhouettes éparses que ses galiscopes parvenaient encore à distinguer.

— Reste-t-il un survivant capable de nous dire quelque chose ?

Pour unique réponse — le tonnerre.

— Là-bas ! signala Strummer.

Sous les serpents de fumée — deux ombres furtives.

Deux ombres fuyant au pas de course parmi les brumes anthracite.

Une fille et un garçon — claudiquant alors que les éclairs statufiaient toute la ville.

40

De nouvelles déflagrations firent vibrer le trottoir.

Ils cavalaient sans même savoir où ils allaient hormis loin des flammes et de la douleur.

Elle le soutenait par la taille mais il se mit à courir sans se reposer sur elle car, malgré sa rotule démise, son genou ne le faisait plus souffrir.

Plus personne dans les rues — la peur et le déluge avaient fini par éparpiller tout le monde.

Ils entendaient pourtant résonner des cris sur leur passage.

Des cris — ou des pleurs.

Ils parvinrent sur une esplanade qu'ils ne reconnurent pas.

La place des Légendes — noyée sous les flots, abandonnée à la nuit, sans une âme.

Ils se plaquèrent sous un auvent et observèrent le ciel en attendant une accalmie.

Les gouttes qui tombaient étaient grosses comme le poing.

Ils soufflèrent. Ils essuyèrent leur visage dégoulinant de suie. Ils crachèrent les morceaux de charbon qui encombraient leur trachée.

L'intérieur de leur crâne était empli de ruines brûlantes.

Ils avaient franchi des flammes lourdes, accroupis parmi des tisons, des flammes aussi acérées que des lanières de fouet, des tisons semblables à des poignards, ils avaient foncé tête baissée, à l'aveugle, encerclés par la fumée poisseuse, ignorant comment échapper au brasier, les pieds buttant contre des corps et des décombres en fusion, les mains tâtonnant l'air chargé de brûlures, les cheveux crépitant comme des brindilles.

Des briques chauffées à blanc avaient éclaté et une brèche s'était ouverte.

Ils avaient plongé à travers, sous le nuage huileux des effluves carboniques, ils avaient roulé dehors et avaient fui sans reprendre leur souffle, soulevant des gerbes d'eau tout le long de leur course.

Maintenant — ils frissonnaient.

Des sagaies de pluie déchiquetèrent le store sous lequel ils se tenaient.

— À croire que la mer et les poissons tombent du ciel... murmura Kao.

Étrangement — ils éclatèrent de rire.

Ils ne parvenaient plus à discerner quoi que ce fût.

Pas même leurs blessures.

Ils se dirigèrent avec un désarroi infini vers le centre de la place.

Les éclairs se multiplièrent et enveloppèrent

entièrement la voûte sombre du ciel dans une fugitive mais aveuglante toile d'araignée.

Emma éternua et des parcelles de sa chevelure voltigèrent.

Kao ouvrit la bouche mais elle lui fit signe de se taire et leurs mains se nouèrent.

L'esplanade était complètement déserte.

Ils restèrent un long moment sans bouger, au milieu de cet immense vide, face à face, se regardant à travers les solides courroies de pluie, l'un regardant parfois par-dessus l'épaule de l'autre, surveillant ainsi mutuellement ce qui se passait dans leurs dos respectifs.

Rien — hormis le déluge.

Leurs pieds glissèrent sur les dalles et leurs corps pivotèrent et ils se retrouvèrent dos à dos pour scruter encore plus attentivement les quatre coins de la place et les rues qui débouchaient dessus.

Rien que le déluge.

Emma et Kao étaient les deux seules personnes à se tenir là et peut-être les deux derniers êtres vivants encore dehors sous un orage pareil.

— Que nous reste-t-il ? demanda-t-elle.

Il traversa paisiblement l'esplanade.

— Où vas-tu ?

— Tu le sais très bien ! lui répondit Kao.

Elle fronça les sourcils — « À quoi est-ce que tu joues ? ».

Il passa une main sur son front ruisselant :

— Le seul endroit qui nous reste est celui où Fuji et son équipe se sont terrés pendant vingt ans.

— J'ignore où s'abritait Fuji... dit Emma en

défroissant les yeux. Je savais seulement comment le joindre. Pas où le trouver.

Ils contournèrent des véhicules abandonnés et enjambèrent des affaires éparpillées comme autant de balises indéchiffrables le long des rues.

Le tramway ne fonctionnait plus — une rame stationnait en plein carrefour, tous feux éteints, sur le cours Garcia Marquez.

Ils croisèrent un chien. Un labrador noir équipé d'un harnais blanc. Assis seul à l'angle de deux rues boueuses.

Un chien d'aveugle — sans son maître.

— C'est au cimetière Haïku, finit par lâcher Kao.

Le labrador les regarda passer sans bouger.

Ils remontèrent les allées Gorki sans plus faire attention aux trombes de pluie qui tombaient toujours avec le même acharnement.

Holden ignorait la nuit — mais pas le déluge.

— Kao ! cria-t-il en refermant les grilles du cimetière derrière eux.

Les éclairs qui déchiquetaient le ciel permirent à Emma de distinguer ses yeux troubles — elle crut voir des salamandres ramper dans le creux de ses orbites.

— Tu es venu avec ta petite amie, releva Holden malgré le vacarme.

Kao ne trouva pas la force de lui raconter les choses.

— Ils ont tous disparu… parvint-il seulement à dire.

Il ne put pas en expliquer davantage — il prit

Emma par la main et emboîta le pas du vieil aveugle qui parcourait déjà les allées inondées en les effleurant du bout de sa canne.

Les pots de safran disposés sur la tombe *Enigmae Phactor* débordaient de pluie.

— C'est ici, dit-il.

Elle tressaillit.

Il lui passa un bras autour de la taille quand la dalle du caveau pivota.

Elle surmonta son appréhension et ils descendirent.

— Est-ce qu'il y avait du monde ? se permit alors de demander Holden.

— Des milliers de personnes ! cria Emma sans pouvoir retenir ses larmes.

— Alors rien n'est perdu… leur jeta le vieil homme avant de remettre la dalle en place.

Kao lui fit juste un signe de la tête — un salut ou un remerciement.

Un signe absolument silencieux — mais Holden le comprit.

Le vieil aveugle eut juste le temps de sourire.

Puis la dalle coulissa et effaça son visage — abandonnant son sourire au fracas de l'orage.

41

La pluie qui traversait la lunette avant du van lui fouettait directement le visage depuis qu'il avait fait tomber le pare-brise à coups de poing.

— Nos deux fuyards viennent de pénétrer dans le cimetière Haïku ! rapporta Kaneshiro sur la fréquence radio.

Falk se racla la gorge.

Au moins dix véhicules de la brigade stationnaient le long de la ligne de tramway.

Kaneshiro patientait devant les portes closes du cimetière.

— Où sont-ils ? s'enquit Falk.

— Ils ont disparu dans un carré de sépultures !

Plusieurs agents étaient perchés sur les murs — les galiscopes surplombant les tombes.

— Ou ils jouent aux vampires ! reprit Kaneshiro. Ou ils se sont fait la malle dans une galerie souterraine ! Ils ne sont en tout cas pas sortis par ici. Et nos hommes qui surveillent le périmètre de cette résidence mortuaire n'ont jusqu'à présent…

Falk tambourinait déjà aux portes.

Holden ne répondit pas.

Peut-être à cause du raffut de l'averse.

Non — Holden était capable de repérer un papillon au battement de ses ailes.

Holden entendrait les pas feutrés d'un chat malgré le tonnerre.

Skrrr ! skrrr ! — les fusibles de Falk.

Strummer sauta par-dessus le mur et déverrouilla les portes de l'intérieur.

Le vieil aveugle se tenait debout au milieu d'une allée — un bilboquet à la main.

— Que font vos hommes avec ces lance-flammes ? demanda-t-il alors que les agents déboulaient de partout.

— Où sont passés ce garçon et cette fille ? lui retourna Falk.

Holden fit pendre la boule de son bilboquet au niveau de ses genoux et la remboîta sur son socle d'un vif et impeccable mouvement du poignet.

Étrange numéro de clown sous la lumière saccadée des éclairs — ou rituel maléfique.

Falk colla sa bouche contre une oreille du vieil homme pour lui confier :

— Chaque fois que quelqu'un voit une image… Je me dis que c'est de ma faute. Et je ne peux pas vivre avec ça !

La pluie faisait voler les graviers.

— Où sont-ils ? insista Falk.

— Kao sait où me trouver, répondit nonchalamment Holden. Mais ce n'est pas réciproque…

— Ce vieux con a accompagné le mec et la fille devant une tombe ! éructa Kaneshiro. Au milieu de la septième ou huitième allée ! Nos hommes sont formels là-dessus !

Falk suivit son collègue et Strummer et deux autres équipes entre les stèles.

Il passa devant celle de sa femme sans lui accorder un regard.

— Ils ont disparu dans le coin… indiqua enfin un agent.

Les galiscopes de Falk glissèrent sur les différentes sépultures.

Les fleurs. Les pierres. Les offrandes.

Et les noms.

Ce ne fut pas long.

Enigmae Phactor — un anagramme élémentaire.

Enigmae Phactor — cinématographe.

— Allez chercher de quoi démolir ça ! ordonna-t-il.

Des agents filèrent au pas de course.

Il tenta de retrouver Holden dans le champ de ses galiscopes — sans y parvenir.

Son bilboquet traînait par terre — il avait dû fuir.

— Capitaine ! hurla Strummer.

Falk fut surpris de voir le vieil aveugle apparaître juste en face de lui.

Trop tard — Holden tira de sa manche un immense coutelas et le lui enfonça dans le sternum.

Falk se mordit l'intérieur des joues et se broya les molaires les unes contre les autres.

Rien à faire — son estomac se perça de part en part.

Holden lui trancha tous les cartilages costaux et fit monter la lame du coutelas jusqu'à sa clavicule pour lui ouvrir complètement la cage thoracique.

Falk aspira de la boue et happa des graviers.

Il entendit Kaneshiro appeler. Il entendit Strummer briser Holden entre ses mains. Il confondit les flèches argentées de la pluie avec les cheveux de l'Impératrice.

Il la revit se brosser soigneusement les cheveux.

Il entendit des coups de pioche et il entendit la dalle céder.

« Brawouf ! » — et plus un bruit.

42

Emma balaya le couloir du regard — les néons au gaz, la tôle ondulée, les murs garnis d'images, le sol humide.

Les clapotis de leurs chaussures les avaient accompagnés jusqu'en bas.

À part ça — un calme absolu.

Kao ouvrit la porte du laboratoire.

Il aurait voulu se jeter sur les étagères et les renverser et cogner dans les plaques de tôle mais Emma le tira en arrière et l'enlaça pour le forcer à se calmer en lui murmurant : « Ce n'est rien... Tout va s'arranger... » — des mots sans aucune valeur, des formules juste bonnes à rassurer les enfants, des mensonges qui parvinrent malgré tout à le réconforter, à moins que ce ne fût les mains d'Emma sur ses hanches ou son souffle chaud dans sa nuque.

Les premières flammes firent gondoler la porte dans leur dos.

La peinture cloqua et le bois craqua — puis la porte céda.

Des cartons pleins de documents prirent feu. Des

caisses de matériel prirent feu. Le laboratoire entier prit feu.

Les flammes se propageaient partout — sur tout ce qui pouvait brûler comme sur tout ce qui ne pouvait pas brûler.

Sur la terre, sur le placoplâtre, même sur les tôles qui constituaient le plafond.

Kao comprit — « C'est fini ».

Le feu dévorait ses cuisses et de la lave lui coulait dans le dos. Sa peau se tapissait de cloques. De l'étoupe s'effilochait à l'intérieur de sa bouche.

Il se perdit sans même bouger — aussi bien dans l'espace que dans le temps.

Dans le vide ou dans un trop-plein de souffrance.

Il redressa la tête pour chercher Emma.

Ses yeux se recroquevillèrent.

Il la repéra à trois pas de lui — au moment même où des plaques de tôle rougies se détachèrent du plafond.

Elle disparut sous le déluge et il hurla.

Et d'un seul coup — les mille et une peurs éprouvées par les hommes depuis le premier jour de leur existence l'étranglèrent.

Il planta ses coudes dans le sol et arrondit le dos et ramena ses genoux meurtris sous son ventre pour tenter de se lever.

Il toussa et cracha les braises qui lui bardaient les poumons.

Ses pieds étaient écarlates et sanguinolents et ils avaient triplé de volume — ses chaussures avaient brûlé à même sa chair.

Il appela sans pouvoir émettre le moindre son.

Sur le sol rouge — deux doigts sectionnés à côté d'une plaque de tôle.

Des coups sourds.

Kao empoigna le bord coupant de la plaque et souleva mais la reposa aussitôt et souffla et écuma et injuria ses forces perdues.

Il recommença et tâtonna dessous — et agrippa une main.

Une main avec deux doigts en moins — mais une main vive.

Un cri lui sortit des tripes quand il cala la plaque contre sa hanche.

Elle sortit en rampant — lentement.

La peur encore gravée sur le visage — Emma.

Kao se froissa un muscle soléaire quand il se baissa pour la serrer dans ses bras.

Puis tout vira au rouge.

Des braises éclatèrent et de la terre brûlante leur tomba dessus et des couleurs aveuglantes leur fermèrent les yeux.

Ils se prirent la main et sombrèrent dans un sarcophage d'épines, l'un sur l'autre, les membres emmêlés, alors que les flammes ne dévoraient plus que la détresse.

Des tisons leur entaillaient la chair. De la limaille de fer leur déchirait l'œsophage. Des escarbilles jaillissaient de leurs narines.

La moelle de leurs os bouillonnait.

Des bourdonnements insupportables.

Et des plages infinies de silence.

Bien au-dessus de leurs têtes — les premières

lueurs du matin se plantèrent dans la nuit comme des griffes.

Quand la pluie cessa.

Quand la terre dégagea une odeur de plomb.

Quand la fumée ne traça plus que des chemins épars sous les nuages.

Ils se tenaient encore la main.

Leurs silhouettes noires se découpant sur les cendres blanches en rappelaient deux autres — plus tranquilles, au milieu d'une route, sur un fragment de pellicule qui avait lui aussi brûlé.

Une image des *Temps modernes*.

Mais les agents qui découvrirent leurs corps inertes n'avaient jamais vu cette image — ou ne s'en souvenaient plus.

« Puisqu'il avait voulu imiter le mouvement de la vie, il était logique que le cinéma pactise avec la mort. »

JEAN-LUC GODARD
Histoire(s) du cinéma

DU MÊME AUTEUR

Aux Éditions du Rouergue

CITÉ NIQUE-LE-CIEL
CHASSÉ-CROISÉ
LES CHIENS ÉCRASÉS
COUP DE SABRE
DERNIER WESTERN
APACHE
COUSCOUS CLAN
MANGA
JE MOURRAI PAS GIBIER
LA BRIGADE DE L'ŒIL (Folio Science-Fiction n° 340)
RASPOUTINE
LE CONTOUR DE TOUTES LES PEURS

Aux Éditions Nathan

AFFREUX, SALES ET GENTILS

Aux Éditions Panama

OMÉGA ET L'OURSE

Dans la même collection

41.	Isaac Asimov	*Fondation foudroyée*
42.	Fredric Brown	*Une étoile m'a dit*
43.	Francis Berthelot	*Rivage des intouchables*
44.	Gregory Benford	*Un paysage du temps*
45.	Ray Bradbury	*Chroniques martiennes*
46.	Roger Zelazny	*La main d'Oberon*
47.	Maurice G. Dantec	*Babylon Babies*
48.	René Barjavel	*Le Diable l'emporte*
49.	Bruce Sterling	*Mozart en verres miroirs*
50.	Thomas M. Disch	*Sur les ailes du chant*
51.	Isaac Asimov	*Terre et Fondation*
52.	Douglas Adams	*La Vie, l'Univers et le Reste*
53.	Richard Matheson	*Je suis une légende*
54.	Lucius Shepard	*L'aube écarlate*
55.	Robert Merle	*Un animal doué de raison*
56.	Roger Zelazny	*Les Cours du Chaos*
57.	André-François Ruaud	*Cartographie du merveilleux*
58.	Bruce Sterling	*Gros Temps*
59.	Laurent Kloetzer	*La voie du cygne*
60.	Douglas Adams	*Salut, et encore merci pour le poisson*
61.	Roger Zelazny	*Les Atouts de la Vengeance*
62.	Douglas Adams	*Globalement inoffensive*
63.	Robert Silverberg	*Les éléphants d'Hannibal*
64.	Stefan Wul	*Niourk*
65.	Roger Zelazny	*Le sang d'Ambre*
66.	Orson Scott Card	*Les Maîtres Chanteurs*
67.	John Varley	*Titan (La trilogie de Gaïa I)*
68.	André Ruellan	*Mémo*
69.	Christopher Priest	*La Machine à explorer l'Espace*
70.	Robert Silverberg	*Le nez de Cléopâtre*

71.	John Varley	*Sorcière (La trilogie de Gaïa II)*
72.	Howard Waldrop	*Histoire d'os*
73.	Herbert George Wells	*La Machine à explorer le Temps*
74.	Roger Zelazny	*Le signe du Chaos*
75.	Isaac Asimov	*Les vents du changement*
76.	Norman Spinrad	*Les Solariens*
77.	John Varley	*Démon (La trilogie de Gaïa III)*
78.	Roger Zelazny	*Chevalier des ombres*
79.	Fredric Brown	*Fantômes et farfafouilles*
80.	Robert Charles Wilson	*Bios*
81.	Walter Jon Williams	*Sept jours pour expier*
82.	Roger Zelazny	*Prince du Chaos*
83.	Isaac Asimov	*Chrono-minets*
84.	H. P. Lovecraft	*Je suis d'ailleurs*
85.	Walter M. Miller Jr.	*Un cantique pour Leibowitz*
86.	Michael Bishop	*Requiem pour Philip K. Dick*
87.	Philip K. Dick	*La fille aux cheveux noirs*
88.	Lawrence Sutin	*Invasions divines*
89.	Isaac Asimov	*La fin de l'Éternité*
90.	Mircea Cărtărescu	*Orbitor*
91.	Christopher Priest	*Le monde inverti*
92.	Stanislas Lem	*Solaris*
93.	William Burroughs	*Le festin nu*
94.	William Hjortsberg	*Angel Heart* (Le sabbat dans Central Park)
95.	Chuck Palahniuk	*Fight Club*
96.	Steven Brust	*Agyar*
97.	Patrick Marcel	*Atlas des brumes et des ombres*
98.	Edgar Allan Poe	*Le masque de la Mort Rouge*

99. Dan Simmons — *Le Styx coule à l'envers*
100. Joe Haldeman — *Le vieil homme et son double*
101. Bruce Sterling — *Schismatrice +*
102. Roger Zelazny et Fred Saberhagen — *Engrenages*
103. Serge Brussolo — *Boulevard des banquises*
104. Arthur C. Clarke — *La cité et les astres*
105. Stefan Wul — *Noô*
106. Andrew Weiner — *En approchant de la fin*
107. H. P. Lovecraft — *Par-delà le mur du sommeil*
108. Fredric Brown — *L'Univers en folie*
109. Philip K. Dick — *Minority Report*
110. Bruce Sterling — *Les mailles du réseau*
111. Norman Spinrad — *Les années fléaux*
112. David Gemmell — *L'enfant maudit* (Le Lion de Macédoine, I)
113. David Gemmell — *La mort des Nations* (Le Lion de Macédoine, II)
114. Michael Moorcock — *Le Chaland d'or*
115. Thomas Day — *La Voie du Sabre*
116. Ellen Kushner — *Thomas le rimeur*
117. Peter S. Beagle — *Le rhinocéros qui citait Nietzsche*
118. David Gemmell — *Le Prince Noir* (Le Lion de Macédoine, III)
119. David Gemmell — *L'Esprit du Chaos* (Le Lion de Macédoine, IV)
120. Isaac Asimov — *Les dieux eux-mêmes*
121. Alan Brennert — *L'échange*
122. Isaac Asimov — *Histoires mystérieuses*
123. Philip K. Dick — *L'œil de la Sibylle*
124. Douglas Adams — *Un cheval dans la salle de bain*
125. Douglas Adams — *Beau comme un aéroport*

126.	Sylvie Denis	*Jardins virtuels*
127.	Roger Zelazny	*Le Maître des Ombres*
128.	Christopher Priest	*La fontaine pétrifiante*
129.	Donald Kingsbury	*Parade nuptiale*
130.	Philip Pullman	*Les royaumes du Nord* (À la croisée des mondes, I)
131.	Terry Bisson	*Échecs et maths*
132.	Andrew Weiner	*Envahisseurs !*
133.	M. John Harrison	*La mécanique du Centaure*
134.	Charles Harness	*L'anneau de Ritornel*
135.	Edmond Hamilton	*Les Loups des étoiles*
136.	Jack Vance	*Space Opera*
137.	Mike Resnick	*Santiago*
138.	Serge Brussolo	*La Planète des Ouragans*
139.	Philip Pullman	*La Tour des Anges* (À la croisée des mondes, II)
140.	Jack Vance	*Le jardin de Suldrun* (Le cycle de Lyonesse, I)
141.	Orson Scott Card	*Le compagnon*
142.	Tommaso Pincio	*Le Silence de l'Espace*
143.	Philip K. Dick	*Souvenir*
144.	Serge Brussolo	*Ce qui mordait le ciel*
145.	Jack Vance	*La perle verte*
146.	Philip Pullman	*Le Miroir d'Ambre*
147.	M. John Harrison	*La Cité Pastel* (Le cycle de Viriconium, I)
148.	Jack Vance	*Madouc*
149.	Johan Héliot	*La lune seul le sait*
150.	Midori Snyder	*Les Innamorati*
151.	R. C. Wilson	*Darwinia*
152.	C. Q. Yarbro	*Ariosto Furioso*
153.	M. John Harrison	*Le Signe des Locustes*
154.	Walter Tewis	*L'homme tombé du ciel*
155.	Roger Zelazny et Jane Lindskold	*Lord Démon*
156.	M. John Harrison	*Les Dieux incertains*

157.	Kim Stanley Robinson	*Les menhirs de glace*
158.	Harlan Ellison	*Dérapages*
159.	Isaac Asimov	*Moi, Asimov*
160.	Philip K. Dick	*Le voyage gelé*
161.	Federico Andahazi	*La Villa des mystères*
162.	Jean-Pierre Andrevon	*Le travail du Furet*
163.	Isaac Asimov	*Flûte, flûte et flûtes !*
164.	Philip K. Dick	*Paycheck*
165.	Cordwainer Smith	*Les Sondeurs vivent en vain* (Les Seigneurs de l'Instrumentalité, I)
166.	Cordwainer Smith	*La Planète Shayol* (Les Seigneurs de l'Instrumentalité, II)
167.	Cordwainer Smith	*Nostrilia* (Les Seigneurs de l'Instrumentalité, III)
168.	Cordwainer Smith	*Légendes et glossaire du futur* (Les Seigneurs de l'Instrumentalité, IV)
169.	Douglas Adams	*Fonds de tiroir*
170.	Poul Anderson	*Les croisés du Cosmos*
171.	Neil Gaiman	*Pas de panique !*
172.	S. P. Somtow	*Mallworld*
173.	Matt Ruff	*Un requin sous la lune*
174.	Michael Moorcock	*Une chaleur venue d'ailleurs* (Les Danseurs de la Fin des Temps, I)
175.	Thierry di Rollo	*La lumière des morts*
176.	John Gregory Betancourt	*Les Neuf Princes du Chaos*
177.	Donald Kingsbury	*Psychohistoire en péril*, I
178.	Donald Kingsbury	*Psychohistoire en péril*, II
179.	Michael Moorcock	*Les Terres creuses* (Les Danseurs de la Fin des Temps, II)

180.	Joe Haldeman	*Pontesprit*
181.	Michael Moorcock	*La fin de tous les chants* (Les Danseurs de la Fin des Temps, III)
182.	John Varley	*Le Canal Ophite*
183.	Serge Brussolo	*Mange-Monde*
184.	Michael Moorcock	*Légendes de la Fin des Temps* (Les Danseurs de la Fin des Temps, IV)
185.	Robert Holdstock	*La forêt des Mythagos*
186.	Robert Holdstock	*Lavondyss* (La forêt des Mythagos, II)
187.	Christopher Priest	*Les Extrêmes*
188.	Thomas Day	*L'Instinct de l'équarrisseur*
189.	Maurice G. Dantec	*Villa Vortex*
190.	Franck M. Robinson	*Le Pouvoir*
191.	Robert Holdstock	*Le Passe-broussaille* (La forêt des Mythagos, III)
192.	Robert Holdstock	*La Porte d'ivoire* (La forêt des Mythagos, IV)
193.	Stanislas Lem	*La Cybériade*
194.	Paul J. Mc Auley	*Les conjurés de Florence*
195.	Roger Zelazny	*Toi l'immortel*
196.	Isaac Asimov	*Au prix du papyrus*
197.	Philip K. Dick	*Immunité*
198.	Stephen R. Donaldson	*Le miroir de ses rêves* (L'appel de Mordant, I)
199.	Robert Charles Wilson	*Les fils du vent*
200.	Greg Bear	*La musique du sang*
201.	Dan Simmons	*Le chant de Kali*
202.	Thierry Di Rollo	*La profondeur des tombes*
203.	Stephen R. Donaldson	*Un cavalier passe* (L'appel de Mordant, II)
204.	Thomas Burnett Swann	*La trilogie du Minotaure*

205.	Jack Vance	*Croisades*
206.	Thomas Day	*L'homme qui voulait tuer l'Empereur*
207.	Robert Heinlein	*L'homme qui vendit la lune* (Histoire du futur, I)
208.	Robert Heinlein	*Les vertes collines de la Terre* (Histoire du futur, II)
209.	Robert Heinlein	*Révolte en 2100* (Histoire du futur, III)
210.	Robert Heinlein	*Les enfants de Mathusalem* (Histoire du futur, IV)
211.	Stephen R. Donaldson	*Le feu de ses passions* (L'appel de Mordant, III)
212.	Roger Zelazny	*L'enfant de nulle part*
213.	Philip K. Dick	*Un vaisseau fabuleux*
214.	John Gregory Betancourt	*Ambre et Chaos*
215.	Ugo Bellagamba	*La Cité du Soleil*
216.	Walter Tevis	*L'oiseau d'Amérique*
217.	Isaac Asimov	*Dangereuse Callisto*
218.	Ray Bradbury	*L'homme illustré*
219.	Douglas Adams	*Le Guide du voyageur galactique*
220.	Philip K. Dick	*Dans le jardin*
221.	Johan Héliot	*Faerie Hackers*
222.	Ian R. MacLeod	*Les Îles du Soleil*
223.	Robert Heinlein	*Marionnettes humaines*
224.	Bernard Simonay	*Phénix* (La trilogie de Phénix, I)
225.	Francis Berthelot	*Bibliothèque de l'Entre Mondes*
226.	Christopher Priest	*Futur intérieur*
227.	Karl Schroeder	*Ventus*
228.	Jack Vance	*La Planète Géante*
229.	Jack Vance	*Les baladins de la Planète Géante*

230.	Michael Bishop	*Visages volés*
231.	James Blish	*Un cas de conscience*
232.	Serge Brussolo	*L'homme aux yeux de napalm*
233.	Arthur C. Clarke	*Les fontaines du Paradis*
234.	John Gregory Betancourt	*La naissance d'Ambre*
235.	Philippe Curval	*La forteresse de coton*
236.	Bernard Simonay	*Graal*
237.	Philip K. Dick	*Radio Libre Albemuth*
238.	Poul Anderson	*La saga de Hrolf Kraki*
239.	Norman Spinrad	*Rêve de fer*
240.	Robert Charles Wilson	*Le vaisseau des Voyageurs*
241.	Philip K. Dick	*SIVA* (La trilogie divine, I)
242.	Bernard Simonay	*La malédiction de la Licorne*
243.	Roger Zelazny	*Le maître des rêves*
244.	Joe Haldeman	*En mémoire de mes péchés*
245.	Kim Newman	*Hollywood Blues*
246.	Neal Stephenson	*Zodiac*
247.	Andrew Weiner	*Boulevard des disparus*
248.	James Blish	*Semailles humaines*
249.	Philip K. Dick	*L'invasion divine*
250.	Robert Silverberg	*Né avec les morts*
251.	Ray Bradbury	*De la poussière à la chair*
252.	Robert Heinlein	*En route pour la gloire*
253.	Thomas Burnett Swann	*La forêt d'Envers-Monde*
254.	David Brin	*Élévation*
255.	Philip K. Dick	*La transmigration de Timothy Archer* (La trilogie divine, III)
256.	Georges Foveau	*Les Chroniques de l'Empire*, I

		La Marche du Nord — Un Port au Sud
257.	Georges Foveau	*Les Chroniques de l'Empire,* II
		Les Falaises de l'Ouest — Les Mines de l'Est
258.	Tom Piccirilli	*Un chœur d'enfants maudits*
259.	S. P. Somtow	*Vampire Junction*
260.	Christopher Priest	*Le prestige*
261.	Poppy Z. Brite	*Âmes perdues*
262.	Ray Bradbury	*La foire des ténèbres*
263.	Sean Russell	*Le Royaume Unique*
264.	Robert Silverberg	*En un autre pays*
265.	Robert Silverberg	*L'oreille interne*
266.	S. P. Somtow	*Valentine*
267.	John Wyndham	*Le jour des triffides*
268.	Philip José Farmer	*Les amants étrangers*
269.	Garry Kilworth	*La compagnie des fées*
270.	Johan Heliot	*La Lune n'est pas pour nous*
271.	Alain Damasio	*La Horde du Contrevent*
272.	Sean Russell	*L'île de la Bataille*
273.	S. P. Somtow	*Vanitas*
274.	Michael Moorcock	*Mother London*
275.	Jack Williamson	*La Légion de l'Espace* (Ceux de la Légion, I)
276.	Barbara Hambly	*Les forces de la nuit* (Le cycle de Darwath, I)
277.	Christopher Priest	*Une femme sans histoires*
278.	Ugo Bellagamba et Thomas Day	*Le double corps du roi*
279.	Melvin Burgess	*Rouge sang*
280.	Fredric Brown	*Lune de miel en enfer*
281.	Robert Silverberg	*Un jeu cruel*
282.	Barbara Hambly	*Les murs des Ténèbres* (Le cycle de Darwath, II)

283. Serge Brussolo — *La nuit du bombardier*
284. Francis Berthelot — *Hadès Palace*
285. Jack Williamson — *Les Cométaires* (Ceux de la Légion, II)
286. Roger Zelazny et Robert Sheckley — *Le concours du Millénaire*
287. Barbara Hambly — *Les armées du jour* (Le cycle de Darwath, III)
288. Sean Russell — *Les routes de l'ombre* (La guerre des cygnes, III)
289. Stefan Wul — *Rayons pour Sidar*
290. Brian Aldiss — *Croisière sans escale*
291. Alexander Jablokov — *Sculpteurs de ciel*
292. Jack Williamson — *Seul contre la Légion* (Ceux de la Légion, III)
293. Robert Charles Wilson — *Les Chronolithes*
294. Robert Heinlein — *Double étoile*
295. Robert Silverberg — *L'homme programmé*
296. Bernard Simonay — *La porte de bronze*
297. Karl Schroeder — *Permanence*
298. Jean-Pierre Andrevon — *Šukran*
299. Robert Heinlein — *Sixième colonne*
300. Steven Brust — *Jhereg*
301. C.S. Lewis — *Au-delà de la planète silencieuse*
302. Jack Vance — *Les langages de Pao*
303. Robert Charles Wilson — *Ange mémoire*
304. Steven Brust — *Yendi*
305. David Brin — *Jusqu'au cœur du Soleil* (Le cycle de l'Élévation, I)
306. James A. Hetley — *Le Royaume de l'été*
307. Thierry Di Rollo — *Meddik*
308. Cory Doctorow — *Dans la dèche au Royaume Enchanté*

309. C. S. Lewis — *Perelandra*
310. Christopher Priest — *La séparation*
311. David Brin — *Marée stellaire*
312. Ray Bradbury — *Les machines à bonheur*
313. Jack Vance — *Emphyrio*
314. C. S. Lewis — *Cette hideuse puissance*
315. Frederik Pohl et C.M. Kornbluth — *Planète à gogos*
316. Robert Holdstock — *Le souffle du temps*
317. Stéphane Beauverger — *Chromozone* (La trilogie Chromozone, I)
318. Michael Moorcock — *Le nomade du Temps*
319. John Varley — *Gens de la Lune*
320. Robert Heinlein — *Révolte sur la Lune*
321. John Kessel — *Lune et l'autre*
322. Steven Brust — *Teckla*
323. Mary Gentle — *La guerrière oubliée* (Le livre de Cendres, I)
324. Mary Gentle — *La puissance de Carthage* (Le livre de Cendres, II)
325. Mary Gentle — *Les Machines sauvages* (Le Livre de Cendres, III)
326. Mary Gentle — *La dispersion des ténèbres* (Le Livre de Cendres, IV)
327. Charles Dickinson — *Quinze minutes*
328. Brian Aldiss — *Le Monde Vert*
329. Elizabeth Moon — *La vitesse de l'obscurité*
330. Stéphane Beauverger — *Les noctivores*
331. Thomas Day — *La maison aux fenêtres de papier*
332. Jean-Philippe Jaworski — *Janua vera*
333. Laurent Kloetzer — *Le royaume blessé*
334. Steven Brust — *Les Gardes Phénix*

Composition IGS.
Impression CPI Firmin Didot
à Mesnil-sur-l'Estrée, le 14 avril 2009.
Dépôt légal : avril 2009.
Numéro d'imprimeur . 95039.

ISBN 978-2-035829-8/Imprimé en France.

159642